corazón de MARIPOSA

corazón de MARIPOSA

ANDREA TOMÉ

Plataforma Editorial

neo

Primera edición en esta colección: marzo de 2014
Cuarta edición: junio de 2014

Plataforma Editorial
c/ Muntaner, 269, entlo. 1ª – 08021 Barcelona
Tel.: (+34) 93 494 79 99 – Fax: (+34) 93 419 23 14
www.plataformaeditorial.com
info@plataformaeditorial.com

Depósito legal: B. 1.251-2014
ISBN: 978-84-15880-78-3
IBIC: YF

Printed in Spain – Impreso en España

Diseño de cubierta:
Lola Rodríguez

Fotocomposición:
Grafime

El papel que se ha utilizado para imprimir este libro proviene de explotaciones forestales controladas, donde se respetan los valores ecológicos y sociales y el desarrollo sostenible del bosque.

Impresión:
Liberdúplex
Sant Llorenç d'Hortons (Barcelona)

El papel utilizado para la impresión de este libro ha sido fabricado a partir de madera procedente de bosques y plantaciones gestionados con los más altos estándares ambientales.
Papel certificado por el Forest Stewardship Council ®

FSC www.fsc.org
MIXTO
Papel procedente de fuentes responsables
FSC® C109440

A todas las princesas de hielo
que sin saberlo construyen
una cárcel con sus huesos.

Las palabras de Marcos –pidiéndome desesperadamente que lo escuche– me llegan ahogadas a través del auricular de mi teléfono móvil. Su voz, de pronto metálica, confluye en el aire con los jadeos de mi respiración agitada hasta desaparecer. Me he colgado la mochila de los hombros y he cruzado la puerta del aulario. Estoy fuera, en la calle, bajo el cielo gris. Una brisa gélida me revuelve el pelo.

Empiezo a correr. No sé adónde voy. Me pongo los cascos para no tener que escuchar el runrún incesante de mis pensamientos, para dejar atrás sus excusas venenosas, susurradas entre el eco de las calles de Dublín.

Camino sin rumbo por las calles comerciales. Me estoy perdiendo una clase de Crítica Literaria cuya asistencia suma casi un cuarto de la nota final, pero yo solo puedo pensar en los kilómetros, en la distancia y en las despedidas que llegan demasiado pronto. Aún tengo el olor del perfume de Marcos en lo más hondo de mis fosas nasales, como si estuviese abrazándome por detrás, como hacía hace… ¿Cuánto hace ya que se fue? El líquido salado de mis lágrimas me divide el rostro en tres partes.

Entro en un bar con las paredes revestidas de negro y, en el servilletero metálico, escudriño mi rostro. Mil insultos cruzan mi mente en un segundo: fea, gorda, estúpida, zorra, fracasada, penosa, niñata, patética…

El tiempo pasa muy despacio. Estiro un pie, me acerco al baño. Mis zapatillas de deporte rosas se quedan pegadas en el suelo, sucio, al pisar un chicle. Respiro y abro la puerta. Cierro los ojos. No me queda nada.

INVIERNO

Coge esas alas rotas

y aprende a volar.

The Beatles

2.000 calorías

Todos creen que he intentado suicidarme. Probablemente, incluso, estuviesen esperándolo. Quizá porque Marcos acaba de dejarme, porque hace ya un año que papá se fue, porque resultaba inevitable que algún día quisiese cruzar la línea que conduce al infierno. Pero no es cierto. Nada de eso es cierto.

Al coger aquella navaja, después de que Marcos pronunciase las cuatro palabras definitivas («deberíamos darnos un tiempo»), no pensaba en acabar con mi vida; ni siquiera era consciente de que eso fuese posible. Solo quería que todo ese odio que llevaba dentro se disipase, fluyese libre como la sangre rojo fresa que corría por mis muñecas.

Y ha ocurrido. He despertado en una habitación blanca como mi futuro, como las vendas que me ocultaban mis heridas, como el rostro de mi hermana, que me miraba con los labios fruncidos en una expresión de desencanto desde la butaca azul de las visitas. Allí sigue ella, escudriñándome con una ceja arqueada. Aquí sigo yo, incapaz de moverme o respirar.

El fluorescente del techo tintinea como una luciérnaga, tiñendo mi campo visual de plateado. Creo que solo llevo unas horas en este lugar, aunque a mí me parece una eternidad.

–No he avisado a mamá –dice Blanca poniéndose en pie y haciendo que su larga melena castaña ondee en el aire. La cabeza me da vueltas.

–No he intentado suicidarme –afirmo con suavidad. Ella parpadea, hundiendo las manos en los bolsillos de su rebeca llena de pelotillas–. Ya se lo he explicado a la doctora, pero no me hace caso. –Suspiro, intentando mostrarle mis heridas cerradas. Luego recuerdo que todavía me tienen prisionera en esta cárcel que huele a medicinas y a guantes de látex. Un cuadro de Delacroix, cuya parte derecha aparece velada debido a la cegadora luz del sol que entra a través de la ventana, me sonríe desde la pared pálida que se extiende ante mí. No se me ocurre a qué clase de mente enajenada ha podido parecerle una buena idea colgar una obra del romántico en una habitación de la planta de psiquiatría–. ¡Mira! Los cortes son horizontales. Habría sido imposible que me desangrase. –Relajo los hombros, pero Blanca sigue sin escucharme–. Anda, díselo a la doctora.

Camina en círculos sobre las baldosas grises del suelo, repasando las juntas con las puntas gastadas de sus deportivas. Su interior explota como la dinamita mientras se detiene a mi izquierda, apartando el carrito vacío que hace las veces de mesita de noche. Suele pasarle a menudo, como atestiguan sus mejillas coloradas. Parece que alguien haya prendido una cerilla en ellas.

—¿Para que vuelvas a hacerlo? ¡Ni de broma, bonita!

Blanca y yo solo nos llevamos dieciocho meses —ni siquiera dos años completos—, pero ella se ha acostumbrado a comportarse como una madre conmigo. Supongo que lo decidió cuando, a los trece, me dijeron: «Victoria, pesas treinta y seis kilos. Vamos a tener que internarte». Tal vez las palabras no fueran exactamente esas, pero el mensaje es el mismo.

De eso han pasado ya seis años. Ahora llevo uno y medio en casa, y peso cincuenta kilos. Me han amansado como a una leona buena, expuesto con el cartel «anoréxica rehabilitada» y llenado de comida como una piñata. En mis muslos, en mi vientre y en mis caderas se acumula, latente, la grasa. Y me asfixia. A mi cuerpo de porcelana no le gusta sentirse pesado.

—Venga, que si no van a volver a hospitalizarme —insisto, pero Blanca se da la vuelta, dirigiéndose a la salida. La puerta abierta, con su marco metálico, parece estar llena de promesas—. Por favor, que no es justo.

No quiere escucharme. Nadie quiere hacerlo nunca. Cuando ellos —todos los demás— me miran, solo ven un par de ojos febriles y unos pómulos salientes. Me imponen dietas que no necesito y me vigilan mientras como. Si voy al baño, se quedan en la puerta, tal vez esperando oír esa tos inequívoca que precede al vómito. Para ellos siempre seré la niña que casi se mata de hambre.

—Blanca, va, pero si he engordado. No me hagas esto, por favor. Otra vez no…

Pero lo hace. Una y otra vez. No parará hasta que me convierta en una cerdita rosa a la que alimentar antes de que llegue su San Martín. Con un par de pasos rápidos me deja sola, abandonándome a mi tristeza.

Nadie espera que, tras sobrevivir a una enfermedad, una pareja pueda romper. Los finales felices y las sonrisas de anuncio de dentífrico se dan por hechos. Pero, por inimaginable que parezca, ocurre.

A Marcos lo conocí a los catorce, en los intervalos entre las hospitalizaciones, y me apoyó desde el principio. No sé por qué. Me animaba a curarme y, las pocas ocasiones en que se lo permitían, venía a visitarme con un libro o un ramo de flores debajo del brazo. No me juzgaba. No me reñía. Solo estaba ahí. Y me gustaba mucho… muchísimo. A veces, me miraba al espejo e incluso me veía guapa. Todo gracias a él.

Una primavera, a los diecisiete, pisé por última vez la clínica. Les dije adiós a las terapias individuales, las de grupo y las de familia; a los laxantes, los diuréticos y el té rojo. Estaba asqueada. Me porté bien, sonreí e hice todas mis comidas; subí de peso como ellos querían y dije que me alegraba de estar tan sana. ¡Inocente! Los controles y los psicólogos no desaparecieron; los médicos no comenzaron a confiar en mí mágicamente. Me esforcé y aprobé bachillerato, y nadie me dio una palmadita en la espalda cuando llegaron los certificados de las pruebas de acceso a la universidad. Nada había cambiado. Estaba gorda, pero nada había cambiado. Y ahora, después de cinco años juntos, Marcos decide que «deberíamos darnos un tiempo».

Es más divertido irse de Erasmus a Irlanda que cuidar de tu novia anoréxica.

La doctora Castañeda entra con mi historial médico entre los brazos y un fuerte olor a caramelos de eucalipto. Es alta –alrededor de metro setenta y cinco– y rolliza –setenta kilos a base de fritos e hidratos de carbono–. Sus dedos amarillentos evidencian una adicción al tabaco. Parpadeo. La enferma soy yo.

–Tu hermana ha estado hablando conmigo –dice a modo de presentación, haciendo chocar su alianza de matrimonio contra la carpeta que registra las veces que he estado enjaulada–. Al parecer, está muy preocupada por tu salud.

Mis labios cortados se mueven automáticamente.

–Peso cincuenta kilos y hago cinco comidas al día –digo, aunque últimamente lo segundo no es del todo cierto–. Puede preguntarle. –Con un movimiento de la cabeza señalo a Blanca, que asiente sin convicción–. Estoy recuperada.

La doctora Castañeda entorna los ojos. Son de un verde tan pálido que parece casi gris.

–No es tan fácil recuperarse de la anorexia, Victoria. Las recaídas son muy frecuentes.

Ya lo sé. Claro que lo sé. Me he «recuperado» tres veces en seis años, pero creía que ahora era de verdad. Aunque una nunca deja de ver las calorías danzar en su cabeza mientras come ni se siente mejor cuando la báscula indica cifras por encima de cuarenta, sabe cuándo quiere que su vida cambie. Lleva semanas, meses, pero se sabe. Y no había nada que yo deseara más que ser feliz. Antes... antes incluso parecía sencillo. Era sencillo cuando los bocados que me llevaba a la boca podían reflejarse en las pupilas acuosas de Marcos. Pero después del verano algo cambió, y el miedo a engordar empezó a crecer.

—No quería suicidarme.

—No podemos arriesgarnos.

—Pero estoy en mi peso.

—Lo siento.

Como si no estuviese cortándome las alas con su bisturí invisible, la doctora me pone una mano en los hombros y luego se aleja. Blanca, con una mirada que no refleja ningún sentimiento en especial, recorre las venas abultadas de mi antebrazo.

—Tal vez ahora sí debas avisar a mamá —mascullo con acritud. Ella vive en Ferrol, donde nacimos nosotras y donde regenta su pequeño hostal y su casa de comidas, Lamarca's, que se encuentran en nuestra propia vivienda familiar. Blanca y yo vivimos en un piso de alquiler en la zona sur de Santiago de Compostela, a una hora y media en coche.

Mi hermana se palpa los vaqueros en busca de su móvil. La doctora ya ha desaparecido por la puerta, que permanece abierta, dejando ver a un muchacho alto y delgado con varios *piercings* y un tatuaje en forma de serpiente en su brazo izquierdo. Un lacio mechón de pelo castaño tapa uno de sus ojos; tiene un aspecto extrañamente melancólico. Su pecho, oculto bajo la tela de una camiseta gris, sube y baja al compás de sus parpadeos. Por el modo en que se muerde el labio inferior parece preguntarse qué hace aquí. Pongo los ojos en blanco.

—¿Quién es ese? —pregunto con cansancio—. ¿Otro de tus chicos?

Hace casi dos años que Blanca mantiene lo que ella llama una «relación abierta» con Néstor, su novio. Leyendo entre líneas, están juntos, pero pueden acostarse con otras personas. Con tantas como quieran. Yo no lo entiendo. Casi nadie lo hace, pero Blanca y Néstor son felices así.

Mi hermana dirige una mirada fugaz al pasillo gris y, tras unos instantes de un gélido silencio, sonríe. Por mucho que lo intente, no logro comprender qué podría tener tanta gracia.

—Oh, no. —Ladea la cabeza. Sus enormes pendientes de aro se balancean al hacerlo—. Es el pobre idiota que te descubrió en medio de ese charco de sangre y tuvo el suficiente sentido común como para llamar a una ambulancia. Le he preguntado, pero él tampoco sabe de dónde podrías haber sacado la navaja. —Aprieto los labios en una sonrisa cargada de odio. Ya le he explicado que estaba allí, en el baño, como si sencillamente estuviera esperándome. No me cree. En el aire que nos rodea flota la ponzoña, que nos envenena lentamente—. Deberías darle las gracias. No solo se ha quedado esperando hasta que los doctores me avisaron sino que... bueno, sigue ahí. Supongo que querrá saber que te pondrás bien. Ha debido de ser un shock para él. Yo en su lugar...

Un suspiro se escapa de mi boca porque él tampoco desea quedarse aquí. Lee una revista con parsimonia, ajeno a las cuerdas invisibles con las que Blanca me encadena al hospital. No tengo salida.

—¿Darle las gracias por hacer que me encierren? —pregunto, cortante y fría como el hielo.

Blanca tira de los puños de su rebeca, llena de pelotillas, hasta que se estira lo suficiente como para cubrir sus nudillos. Abre la boca. Luego la cierra. Ni siquiera parece que estemos hablando el mismo idioma.

–Te ha salvado la vida –repone con cuidado, como saboreando cada sílaba que se escapa de sus labios–. ¿Y tú dices que no eres una suicida? Sabe Dios dónde estarías si no fuese por él. Lo mínimo que deberías hacer ahora es...

–Olvídalo –la interrumpo con los dientes apretados–. Conocer a mi caballero de brillante armadura o lo que sea es lo último que me apetece en estos momentos.

–¿Eres consciente de que lleva horas ahí de pie? Ha estado conmigo hasta que te han subido a psiquiatría y ha seguido esperando –insiste, acercándose instintivamente hacia mí. Su pelo está impregnado del aroma a vainilla de su perfume. Me aparto con un movimiento rápido.

–Entonces supongo que ese será su problema.

–¿Qué? ¿Cómo es posible que seas tan frívola?

–Seré lo que tú quieras, pero todavía tengo derecho a mi privacidad.

No podríamos haber continuado con nuestra discusión ni aunque lo hubiésemos querido. Con un chirrido, entra una enfermera de rizos caoba y complexión de matrona. Intenta parecer amable mientras deja una bandeja con cuatrocientas calorías de pasta blanca, doscientas de pollo y cincuenta de una manzana demasiado verde y brillante. Doy un mordisco a la manzana porque las dos –Blanca y ella– están esperando que lo haga. Sabe a conformismo, a libertad interrumpida y a férrea disciplina. Lo trago con ayuda de treinta calorías de zumo de frutas. Veneno. Todo es veneno puro.

2.000 calorías

Me abandonan en una habitación blanca, desprovista de decoración, y esconden la llave en lo más hondo de un pozo negro. Solo tengo un pijama azul –el mismo que llevan todas las presidiarias de esta singular cárcel de nombre Conxo y apellido «Unidad de Desórdenes Alimentarios»– y una sudadera ancha y confortable que había pertenecido a Marcos, que huele demasiado a él y no me da calor. Su interior está recubierto de cubitos de hielo y nadie me hace caso si me quejo. Con una sonrisa, me tienden la mano; amablemente, piensan que estoy loca.

Tengo que pasar una semana en blanco, aislada en este cuarto. Sin iPod, sin portátil, sin móvil, sin televisión, sin libros, sin revistas, sin... ¡Sin ducharme! Casi puedo escuchar las voces débiles de ellas, las otras anoréxicas, que surgían de las esquinas la primera vez que acabé aquí. «Nos castigan como a bestias del campo –decían–. Nos castigan porque somos inmunes a los premios y a las estrellitas doradas en el centro de la frente. Creen que despertaremos si nos lo quitan todo.»

Siete interminables días para comer, engordar y curarme. Como si fuese tan sencillo. Como si ganando peso nos sintiésemos mejor. Se supone que ellos –los médicos y las enfermeras– saben más que nosotras sobre nuestra enfermedad, pero es mentira. ¿Cómo puedes administrar una dieta hipercalórica a una persona para la que llevarse un plátano a la boca es un sacrilegio? Deberían dejarnos respirar, ir a nuestro ritmo. Nadie respeta nuestro ritmo. Nos movemos a la velocidad del sonido y resulta inevitable chocar cuando lo haces.

–Venga, Victoria, tienes que comértelo todo, ¿eh? –me recuerda la enfermera, depositando mi desayuno sobre la mesa plegable de mi habitación. Estoy sola. Completa, absoluta e irremediablemente sola. No tengo visitas (está prohibido) ni una compañera de habitación ni nadie que desee escalar hasta mi torre, dar muerte al dragón gordinflón que me sirve batidos de trescientas calorías y huir conmigo a lomos de un caballo blanco.

Más allá de las puertas metálicas que sellan el ala de psiquiatría se extiende nuestra libertad. Aquí dentro la libertad es intercambiada por unas reglas salpicadas de la desconfianza más absoluta. Siete días. Solo siete días cargados de nada y luego...

–Claro –asiento, forzando una sonrisa. Esa es la clave. Hay que parecer buena chica, no hacer trampas, dejar el plato reluciente y derramar lágrimas de cocodrilo sobre tus sábanas de lino para que te dejen salir.

La enfermera observa cómo trago el desayuno muy lentamente, intentando acallar las voces de mi cabeza que obligan a mi garganta a cerrarse y no dejar pasar el veneno. 300 calorías de batido + 60 calorías de café frío + 100 calorías de tostadas con mermelada de ciruela + 60 calorías de pera = 520 patadas en mi estómago. Eso, para empezar.

Cuatro horas de mirar por la ventana y escribir en un diario más tarde, aparece otra carcelera. Es joven, rubia y lleva implantes en los pechos. Se nota que acaba de ponérselos y que no está demasiado satisfecha con ellos porque se los tapa una y otra vez con la carpeta de mi dieta. Susurra, con voz cantarina, la misma frase que su compañera. Hasta la entonación es la misma. No sin cierto sarcasmo, me pregunto si se la enseñarán en la facultad, en la clase práctica de *Cómo tratar a esas pobres infelices que se niegan a aceptar que están en los huesos*. Probablemente ni se cree lo que dice.

–Venga, Victoria, tienes que comértelo todo, ¿eh?

Arsénico. Ponzoña. Matarratas.

1.000 patadas en mi estómago.

A eso súmale los 80 puñetazos disfrazados de queso y salud de mi merienda, y los 400 tirones de pelo de la crema de maíz que me da las buenas noches, y obtendrás la receta secreta de la felicidad que todos me prometen. Qué fácil, ¿verdad? Solo tienes que cerrar los ojos, taparte la nariz, introducir un embudo en tu garganta y dejar que te alimenten de ilusiones vacías.

Y.

Así.

Pasan.

Muy.
Despacio.
Los.
Días.

2.500 calorías

Cuando salgo de mi habitación, a la luz, a la «libertad condicional» que me permite reencontrarme con mis compañeras de cautiverio, me sorprenden dos cosas: lo suave que puede quedar la piel después de una ducha de agua templada y los rostros conocidos que me observan desde las mesas de plástico del comedor. Una no espera que, después de más de un año de «remisión», pueda volver al hospital. Siempre te da la sensación de que estás avanzando e, inevitablemente, tus amigas también deben hacerlo. Sin embargo, allí están, casi como si hubiesen estado esperándome.

Es como si hubiese dado marcha atrás en el tiempo en tan solo un segundo. Nada ha cambiado, nada cambiará; sé lo que me espera. El privilegio de pasearme por las zonas comunes (siempre vigilada de cerca para *no dañarme*), los horarios de comidas estrictos, las interminables horas de estudio bajo la atenta mirada de los ojos de escarabajo de las enfermeras. Desnudarme, ducharme ante una desconocida que me pesa cada mañana, acostarme a las nueve y media aunque mis ojos permanezcan abiertos hasta las tres, antidepresivos si mis ojos se vuelven rojos de tanto llorar. Falla, pórtate mal, y volverán a darle la vuelta a la llave de tu habitación. Solo debes dejar que te ceben mientras tachas los días en el calendario hasta que te permiten retomar el contacto con el mundo exterior.

Primero reconozco a una muchacha alta, delgada como una espiga, en cuya cara relucen dos brillantes ojos negros. Sus espesos rizos cobrizos se expanden, como una medusa, a izquierda y derecha. Es Tatiana, Queen Tiana en Internet. Es muy curioso leer el blog personal de una chica y luego descubrir que os han hospitalizado en la misma clínica. Tan curioso…

—¿Victoria? —susurra, levantando la vista. En sus mejillas crece un vello largo y ligero que le ha valido el apodo de Yeti. Yo también lo tengo, y la mayoría de las chicas que están aquí. El vello, digo, no el apodo. Se llama lanugo y, según los omnipotentes médicos, aparece para dar calor al cuerpo, porque carecemos de la grasa necesaria para mantener nuestra temperatura corporal.

—No esperaba verte aquí —comento, dejándome caer a su lado, sobre una de las sillas de plástico azul cobalto del comedor. Delante, tengo una bandeja llena de comida. A izquierda y derecha se disponen mesas del mismo material y, entre ellas, pasean las enfermeras con sus miradas de sabueso. Es como si, bizqueando los ojos lo suficiente, fuese el comedor de un extraño colegio compuesto únicamente por adolescentes con un índice de masa corporal semejante al de un niño subsahariano.

Luego reparo en una chica de larga melena castaña, casi roja, y labios anchos y humedecidos. Su nombre –Belén, Bely– me cuesta encontrarlo entre mis recuerdos. Ni ella ni Tatiana me parecen excesivamente delgadas. ¿Qué estamos haciendo todas nosotras aquí? Dicen que estamos enfermas, que tenemos una percepción distorsionada de la realidad, que somos unas chicas con problemas. Pero ¿sabéis qué? Yo no veo nada de eso. Miro a mi alrededor y solo hay niñas asustadas del mundo y de sus propios sentimientos. En terapia nos dicen que debemos engordar para estar guapas, que nadie podrá querernos si no nos queremos a nosotras antes, pero se equivocan. Deberían decirnos que estamos guapas todos los días, pase lo que pase, pesemos lo que pesemos, que ya estábamos guapas antes de empezar a adelgazar. A veces, intento creérmelo yo también. Siempre me entra la risa. Es condenadamente divertido ser capaz de pensar así en un lugar como este.

–Ya, bueno, pero ahora voy a recuperarme –afirma Tatiana, haciéndole una carantoña al celador que le entrega su comida. Aquí es más fácil hacer trampas que en las habitaciones porque somos muchas y no siempre consiguen mantenernos a raya. Con cuidado, casi sin pensarlo, escondo la carne estofada en la espesa salsa que cubre la parte izquierda de mi plato–. De verdad. Y volveré a entrar en el equipo de gimnasia.

Queen Tiana era literalmente la reina de la cinta, el aro, la pelota, la cuerda y las mazas. En el tapiz saltaba como una gacela, giraba sobre sí misma como una peonza, realizaba a la perfección los elementos de máxima dificultad; con su maillot mágico, pintado de los colores del arco iris, hechizaba al público y a las juezas. Pero Tatiana no estaba contenta. Medía un metro setenta y la sobrefalda de su maillot no escondía la grasa que abultaba sus muslos. Empezó a perder peso y todos repetían lo preciosa que era hasta que a alguien se le ocurrió decidir que estaba demasiado flaca para practicar la gimnasia rítmica. Así que aquí está, como todas, tras haber perdido la corona que tanto le costó conseguir.

–Qué suerte tenerlo todo tan claro… –suspira Bely, jugueteando con su cuchara. La enfermera rubia, que nos vigila mientras lee *Vogue*, la reprende con una mirada cargada de significado. Bely sorbe la sopa de ácido sulfúrico con el ceño fruncido–. Yo hay días en los que solo quiero bajar de peso y otros en los que no me veo tan mal. Ojalá pudiera salir de aquí de una vez. Ir al cine, dar un paseo por el parque, volver al instituto… lo que sea con tal de alejarme de toda esta mierda. –Se aparta el pelo con las manos, apretadas y nudosas como las garras de un águila–. Oh, Dios, acabaré matándome o algo por el estilo.

Lenta, suavemente, acerco mis muñecas vendadas a las suyas, acariciándola con la tela áspera y rugosa. Tatiana y ella me miran, rodeadas de brillantes partículas de polvo, desconcierto e incomprensión.

–Nadie me cree cuando digo que no he intentado suicidarme –explico, con la voz mucho más trémula de lo que me gustaría. Es como si aquí nada pudiese mantener su esencia natural. Nos cambian hasta el tono. Si pudieran, lo engordarían a él también, para que sonase como un tenor–. Marcos me ha dejado… eso es lo único que ven. Eso, y que estoy anoréxica.

Marcos sobrevuela el Atlántico en un instante y regresa a mí para asentarse en la parte más honda de mi pensamiento, donde los recuerdos son tan intensos que se convierten en presente, en realidad. «Deberíamos darnos un tiempo», «deberíamos darnos un tiempo», «deberíamos darnos un tiempo», «DEBERÍAMOS DARNOS UN TIEMPO». Mentiras. Sueños rotos. Mi amor desperdiciado, abandonado junto al cubo de la basura como un muñeco viejo.

—Nadie cree nada. —Bely resopla con acritud, apartando los bordes de su carne poco hecha. La sangre rojo bermellón chorrea por su plato, de un blanco impoluto. Mi estómago se repliega sobre sí mismo—. El otro día…

—Belén, todo. —Sin pedir permiso siquiera, la enfermera interrumpe nuestra conversación, apretando los labios como lo hizo mi hermana el día que me dejó aquí, reciclándome con la facilidad con la que recicla esos viejos CD de Álex Ubago que tanta vergüenza le dan.

—Tiene nervios —aclara mi amiga. Ojalá solo tuviera nervios. Una película clara y gelatinosa cubre los extremos de la carne rosada. 400 calorías de ternera + 300 calorías de patatas + 200 calorías de sopa + 90 calorías de yogur de fresa + 80 calorías de zumo = 1.070 «no quiero».

—¡Todo!

Todo, todo, todo. Hasta que tu vientre se hinche como un globo de helio. Hasta que reboses salud como una cría de ballena. Hasta que te odies y desees morir. Todo, todo, todo. Y recuerda, ¡no dejes nada en el plato!

—Lo que te contaba —prosigue Bely, inclinándose instintivamente hacia mí. Su aliento huele a lágrimas, a gritos y a desesperación–, nadie cree nada. El otro día, la báscula dio quinientos gramos por encima de lo que ellos –lo pronuncia con desencanto, apretando sus dientes amarilleados– pretendían, y ¿sabes qué me dijeron? Ni ánimos ni condolencias, nada de eso. Solo que les diese lo que hacía que la báscula marcase más peso. Les contesté que no tenía nada, pero no me hicieron caso. Me chequearon como si estuviese en un aeropuerto. –Chasca la lengua, dejando a un lado la brillante tapa de su yogur pasteurizado, libre de bacterias y microbios–. No sé qué esperaban encontrar. ¿Un par de pesas en mis braguitas?

Tatiana, dando un par de sorbos esquematizados a su bebida, me coge una mano. La textura callosa de sus dedos largos y finos me pilla por sorpresa, pero sonrío. A veces es bueno dejarse querer, incluso en lugares como este.

–Te has quitado la pulsera –comenta con los ojos entornados. Asiento con la cabeza. Ni Bely ni ella se han deshecho de las suyas.

–Quería olvidarme de todo esto. Cumplía con la famosa ley de las cinco comidas, ¿eh? Poca cantidad, pero qué más da. Estaba delgada y satisfecha, hasta que un día tuve miedo de convertirme en una cerda y, a medida que pasaban las semanas, ese miedo creció. Las cinco comidas se convirtieron en tres y... Marcos se fue a Irlanda y yo acabé aquí. Creía que estaba recuperada, pero... –Me cruzo de brazos–. No es divertido.

Tatiana y Bely intercambian una mirada, estirando los labios. Se sienten identificadas con mi historia porque es similar a las suyas, a la de cualquiera de las chicas a las que mantienen encadenadas en este comedor. La mayoría, como Bely y como yo, no tenemos una verdadera razón para desear adelgazar. Solo queremos un determinado tipo de cuerpo. No necesitamos pretextarnos con novios, deportes– como Tatiana– o pasados de acoso escolar. Nuestro estómago, sencillamente, es más feliz cuando está vacío. No hay más.

–Si quieres, te hago otra ahora que has vuelto –me propone Tatiana, encogiéndose de hombros. Su pulsera es un fino hilo rojo que rodea, ligeramente aflojado, su muñeca izquierda. La pulsera de Bely, del mismo color y en el mismo lugar, está hecha de abalorios redondos de madera, como las que venden en los bazares y en los mercadillos–. Se supone que no podemos coser, por la clase de cosas que podríamos hacer con una aguja, claro, pero, como he aumentado de peso, hay una enfermera que me deja hacer punto de cruz bajo su vigilancia. Por eso tengo muchos hilos. Te gustan trenzadas, ¿verdad?

–Ajá.

De repente, mi muñeca me parece inusualmente vacía, como un lienzo en blanco expuesto en un museo o un maniquí desnudo en mitad de un escaparate. Las anoréxicas llevamos una pulsera roja en la muñeca izquierda, y las bulímicas una morada en la derecha. Lo hacemos para distinguirnos entre nosotras, para darnos ánimos. Sorprendentemente, ni los médicos ni las enfermeras parecen tener nada que objetar. A algunos psicólogos de la terapia les gusta menos, pero por lo general no comentan nada.

Mientras discretamente escurro el líquido transparente que cubre la parte superior de mi postre, veo pasar a una criatura muy rara a mi lado. Está enferma, eso resulta evidente, y no deseo parecerme a ella. No es como Tatiana, como Bely o como yo. Sus pómulos son más salientes, sus mejillas están más hundidas, su vientre es totalmente cóncavo, sus brazos y sus piernas me resultan extrañamente escuálidos. Da miedo ver cómo camina, cómo los rayos del sol se cuelan en el hueco entre sus pantorrillas, cómo sus huesos abrazan el aire intoxicado del comedor.

Es Maca. No esperaba volver a ver su rostro de caballo nunca, y mucho menos aquí. Es del tipo de chicas –no hay muchas como ella– que no crees que salgan de su cárcel interior. Si ellas se van, lo hacen por la puerta trasera: muriendo.

–No quiero engordar –musito, notando cómo la cucharilla se me escurre de las manos. Asombrosamente, lo repito–. No quiero engordar.

Y es cierto. No seré como Maca; ni Bely ni Tatiana lo serán. No somos iguales.

De noche, en la soledad de mi habitación, escucho las canciones de cuna de los monstruos de mi mente. «Delgada... delgada... tienes que estar delgada. Esquelética.» «Delgada... delgada...»

1.300 calorías

Prueba a arrancar dos hojas de un calendario, apenas un par de las doce que componen el conjunto. Es fácil, rápido y mecánico. Una detrás de otra, sin sentir, sin llenar cada uno de los días de experiencias. No pasa nada.

Pero, cuando vives esas dos hojas, especialmente si es en un lugar como una clínica, no resulta tan sencillo. Si el peso de esos sesenta días cayese sobre nosotros de repente, como una losa, seríamos incapaces de soportarlo. Aunque los omnipotentes médicos son demasiado inteligentes como para dejar que eso ocurra. Lo fraccionan, nos lo entregan poco a poco. Esas mil cuatrocientas cuarenta horas pasan con parsimonia, a cuentagotas, pero nosotros también avanzamos. Esperamos. Tenemos que llenar esos minutos y segundos con algo, aunque ellos pretendan que simplemente comamos, y al final, un día, te dan la condicional definitiva. «Encantados de haberte conocido, vete a casa.» Fácil, rápido, mecánico. Psicóloga dos veces por semana, pesaje cada siete días. Sin castigos, sin vigilantes, sin soledad, sin blanco. Te dan una pequeña carpeta con tu dieta, un par de folletos informativos sobre la anorexia (como si no la conocieras lo suficiente), y te sueltan en mitad de la libertad. Solo que tú ya te has olvidado de cómo se vive en un lugar donde se respira oxígeno y no vapor de fritos.

Es diciembre y soy plenamente consciente de que mis posibilidades de aprobar el primer cuatrimestre son casi nulas. Blanca, Néstor y mamá han venido a buscarme en el coche de él, un viejo Ford Fiesta que ya estaba abollado y descolorido cuando se lo regalaron sus abuelos al cumplir dieciocho años. Mamá quería que volviese a Ferrol inmediatamente y así poder arroparme y contarme cuentos de princesas perfectas y delicadas que son rescatadas por príncipes perfectos y apuestos y viven felices hasta el fin de sus días, comiendo perdices y engendrando hijos fuertes como toros. Blanca se negó, asegurándole que debía ponerme al día en mis clases, al menos durante las dos semanas que quedan hasta las vacaciones de invierno. Nadie me pregunta qué es lo que quiero hacer yo, igual que nadie me preguntó si quería pesar cincuenta y tres kilos porque solo (a los médicos les encanta esa palabra, solo) cincuenta era muy poco para mi metro sesenta y siete.

—Papá se conectará a Skype a las cinco de la tarde —comenta mamá alegremente, abrochándose el cinturón del asiento del copiloto. Mientras Néstor arranca, Blanca se estira y pone un CD de los Beatles—. En Toronto serán... sobre las dos de la madrugada, pero no importa. ¡Total, así ocupa el tiempo que pasaría jugando al solitario!

Papá es un físico muy importante. Bueno, eso es lo que dijo mamá cuando se fue a Canadá, hace casi dos años. Ahora está muy ocupado estudiando el comportamiento de no sé qué partículas de nombre ininteligible que podrían ayudarnos a entender la razón de ser del universo.

–Por lo menos sabes que no se está tirando a una astrofísica china –bromea Blanca, cinturón de seguridad en mano. Mamá y Néstor ríen mecánicamente, como un par de muñecos a los que se les ha dado demasiada cuerda. Intento encontrar los guiones sobre *Cómo tratar a su infeliz familiar famélico*, pero soy incapaz. Deben de habérselos memorizado muy bien. Están en la cumbre de su carrera como actores. Quizá hayan asistido al mismo cursillo que los médicos, las enfermeras y los celadores.

–¿Por qué china? –pregunta Néstor, arrastrando las palabras. Su voz lenta y calmada confluye en el aire con los primeros acordes de *From me to you*.

*«If there's anything that you want, if there's anything I could do, just call on me and I'll send it a lot of love from me to you...»** Sí, claro.

–Pues porque, en las series de televisión, la científica más lista siempre es asiática –repone mi hermana con los ojos en blanco. Más risas enlatadas, como en las *sitcom* americanas. ¿Alguien ha preguntado por la familia de cartón piedra?

Nos acercamos a la Alameda. Ya puedo ver el follaje verde hielo, el sol reflejado en el agua cristalina de las fuentes y los

* «Si hay algo que quieras, si hay algo que pueda hacer, solo llámame y mandaré un montón de amor de mí para ti.»

colores estridentes de la estatua de las Marías, dos hermanas maltratadas por las fuerzas fascistas durante la Guerra Civil que se rebelaron a través de sus vestimentas estridentes y su comportamiento descarado. Néstor comienza a buscar aparcamiento compulsivamente, mirando a un lado y a otro con sus ojillos negros de hámster asustado. En el interior del coche huele a barbacoa. En la parte izquierda de mi asiento hay una mancha marrón y alargada de salsa. Mi estómago, en programa de centrifugado, da vueltas como un poseso, revolviendo las 520 calorías racionadas del arsénico de mi desayuno.

Mamá, por alguna razón, insiste en que subamos en ascensor los dos pisos que separan nuestra casa del entresuelo. Me sorprende, ya que mamá es la persona más hippie que conozco. Una hippie de los ochenta, pero hippie a fin de cuentas. Lleva el pelo largo, ondulado y libre, como Janis Joplin, y siempre viste ropa de bazares de segunda mano, vaporosas faldas de sus años de juventud o camisetas que tiñe ella misma en nuestro jardín. Nunca utiliza aparatos electrónicos. Se lleva mal con ellos. Por eso en Lamarca's no hay batidora, ni pasapurés, ni cafetera. A mamá le gusta cocinar como lo hacían en el siglo XVIII, y probablemente se alumbraría con una vela si no fuera porque los demás –papá, Blanca y yo– tenemos el suficiente sentido común como para pagar las facturas de luz, o porque así consigue derrocar el reinado imperialista de las fábricas de cera de velas. Pero, pese a todo, es una buena madre.

Nuestro pequeño piso de dos habitaciones y un baño nos recibe con el fuerte olor de la vainilla de los cereales de mi hermana, de la miel que le echa a la leche antes de dormir y de los restos de la pizza de *pepperoni* que cenó ayer. Mi estómago salta y baila una conga con mis tripas, riéndose de mí.

Néstor se deja caer en nuestro sofá de polipiel, se rasca la entrepierna y cambia de canal en el viejo televisor hasta encontrar las noticias del mediodía. Parece un inculto –posiblemente porque lo es–, pero le gusta mantenerse informado de lo que pasa en el mundo.

–Victoria, ¿quieres que te prepare ya la comida? –pregunta mamá a gritos desde la cocina, cuyas ventanas dobles dan al parque y a una ruidosa carretera que hace las veces de despertador cuando voy a clase.

Blanca chasca la lengua, poniéndose un viejo jersey rosa sobre su suéter a rayas. Todavía no hemos ahorrado lo suficiente para instalar la calefacción, y los inviernos gallegos son fríos.

–Olvídalo, mamá, tú no sabes utilizar el microondas.

–Pero ¡tiene que seguir la dieta de la doctora Castañeda!

–Que ya lo tengo todo comprado, tú no te preocupes.

Victoria, ¿quieres que te prepare ya un delicioso refrito de grasa y caramelo, condimentado con grandes dosis de miedo y negación? Sí, mamá, claro que quiero. Ínflame como a una de las Gracias de Rubens y cuélgame de la punta del árbol estas Navidades, gracias.

Huyo a la tranquila soledad de mi habitación para no seguir oliendo la comida y los kilos y las calorías que inundan el ambiente, cubriendo las paredes verdes del pasillo de un vaho que pesa como el hierro.

Un par de ojos castaños, suaves como el terciopelo, me escudriñan desde cada rincón del dormitorio. Como el polvo, están en todas partes, me aprietan las entrañas y sonríen mientras grito pidiendo socorro. Marcos y yo en la playa. Marcos y yo celebrando su decimoquinto cumpleaños. Marcos y yo en su moto. Marcos y yo en la fiesta de Fin de Año. Marcos y yo disfrazados de los Cazafantasmas. Marcos. Marcos. MARCOS.

«Deberíamos darnos un tiempo…»

De un salto me subo a la cama de forja, tirando todos los peluches que él me regaló, y paso una mano por la estantería. Cierro los ojos, acariciando la madera clara con mis dedos. No hay dolor. Es fácil, rápido y mecánico. Tiro las fotos al suelo, los recuerdos, los «te quiero» y las canciones susurradas al oído. Con fiereza las piso, las aplasto y las trituro, dejando que los cristalitos sueltos de los marcos vuelen como las lágrimas que descienden por mis mejillas.

–¡Victoria, la comida! –oigo al cabo de unos minutos.

Doy pasos de bailarina hasta el salón, donde Blanca y Néstor se besan en mitad de los anuncios que preceden a la previsión del tiempo. Respiro. Solo tengo que ser un poco más fuerte, un poco más lista, un poco más guapa. Mamá coloca ante mí un humeante plato con una tortilla de patatas demasiado dorada y una ensalada demasiado aliñada. Luego, a su lado, dispone un zumo de naranja con demasiados grumos y una natilla de chocolate con demasiados aditivos. Más olores, todos juntos, que danzan hasta introducirse en mi nariz y escalar a mi cerebro. Patatas, cebolla, aceite, lechuga, tomate, más cebolla, aceitunas negras, atún en conserva, vinagre, más aceite, naranjas recién exprimidas, chocolate. Mi estómago baila el pogo peleándose con mis sentimientos, colisionando contra mi alma.

–La tortilla muy seca, como a ti te gusta –anuncia mamá, sirviéndose una porción en forma de cuña sobre su plato de vidrio verde. Demasiados colores, que se introducen en mi mente en un microsegundo. Demasiados números, gritados desde lo más hondo de mi interior.

Vomito. No puedo evitarlo. Vomito. No me introduzco los dedos en la garganta ni me aprieto el vientre hasta que la comida vuelve a mis labios. Solo vomito. El batido, las tostadas, la pera y el café son expulsados, como un torpedo, de mi estómago. Una mancha ancha y grumosa se extiende a mis pies. Blanca y Néstor se separan.

–Oh, joder –murmura él, inusualmente pálido.

–No te levantes, mamá, ya lo limpio yo –murmura ella, inusualmente asustada.

520 calorías - 520 calorías = 0 calorías.

Mamá pasa una servilleta por mis labios con una mano mientras con la otra me acaricia el pelo. Néstor, inmóvil como una estatua de sal, nos observa con la boca abierta.

–Eh, ven, vamos a la cocina –me tranquiliza mamá, acunándome como cuando era una niña. Un fuerte aroma a rosas cortadas inunda mis fosas nasales. Sonrío. Mamá ocupándose del jardín, cómo no–. Vamos, come poco a poco. No te preocupes. Puedes hablarlo mañana con la doctora Robles.

0 calorías + 300 calorías de tortilla + 200 calorías de ensalada + 80 calorías de zumo de naranja + 150 calorías de natilla = 730 «no, por favor».

—Podrías ir a darle las gracias a Cristian —sugiere Néstor, tan oportuno como de costumbre, mientras apaga el televisor—. Es un buen chico.

—¿Quién? —susurro suavemente, llevándome un poco de ponzoña a la boca. Mi estómago no la quiere. Mi cerebro no la quiere. Mi corazón no la quiere.

—El chico que te encontró —aclara Blanca mientras friega—. Trabaja en ese bareto… ¿Cómo se llama? Dragón algo.

Ese bar… dos hojas de calendario atrás, con cuatro palabras clavadas como cuatro estacas en mi arteria. «Deberíamos darnos un tiempo.» No puedo seguir comiendo.

1.000 calorías

A veces es extraño que fuera, en la calle, brille el sol, cuando tú en casa sientes que todo lo que te rodea es gris; que haga un frío de mil demonios y, por mucho que te abrigues, no consigas alejarlo de ti; que la gente siga preguntándote cómo te encuentras, aunque la respuesta sea obvia. A veces, la vida en sí es extraña y no eres capaz de averiguar qué haces tú en ella. Alguien debería pedirnos permiso antes de arrojarnos, como un paquete demasiado pesado, a este mundo.

Blanca unta demasiada mermelada de naranja sobre mi pan integral; la piel dura de las naranjas forma ángulos imposibles sobre las semillas que cubren la superficie de la tostada. El cuchillo, en la mano de mi hermana, se mueve armónicamente de izquierda a derecha. Zas, zas. Zas, zas.

—Tienes que ir a clase, en serio —repito por enésima vez, observando cómo la leche da vueltas en nuestro microondas. Trrrr, trrrr, trrrr. El electrodoméstico vuelve a dar señales de querer estropearse–. Oye, la que se ha quedado dormida he sido yo y la que no puede faltar a Biología porque le quitarán los créditos, tú. No voy a hacer trampas ni a vomitar en el baño en cuanto te des la vuelta. Puedes irte.

Mamá volvió a Ferrol después de pasar un fin de semana eterno conmigo. Setenta y dos horas sintiendo sus ojos de cervatillo clavados en mi nuca y, luego, nada. Como si ni siquiera hubiese venido, o como si yo siguiera en el hospital. Es curioso cómo notas el tiempo pasando tan despacio y, sin embargo, cuando te das cuenta, el presente ya se ha desvanecido. Todo es pasado y nada es futuro.

–¡Venga ya! –exclama Blanca, separándose los largos mechones del flequillo con dos horquillas a las que se les ha desprendido la pintura negra, dejando ver el frío metal del que están hechas–. No me des la brasa, que no es tan tarde.

Pongo los ojos en blanco. Detrás de mí, el microondas empieza a pitar, insistente.

–Son las nueve y cuarto, tienes clase en quince minutos –digo, apretando los dientes. Blanca me pasa una taza humeante y, distraídamente, vacía un sobre de capuchino en polvo sobre la leche. Azúcar. Nata. Café. Aparto la vista.

–Lo sé –replica con voz hastiada, subiéndose la cremallera de su chaleco acolchado–. Qué coñazo eres...

–¿Acaso no confías en mí? –me defiendo. Sus ojos, como dos trocitos de hielo, recorren mi rostro pálido una, dos, tres veces.

–En ti, sí; en tu enfermedad, no.

Doy un mordisco a una de las dos tostadas, partiendo un trozo de naranja por la mitad. Diez calorías de un pan rugoso y cortante descienden por mi garganta.

–Estoy curada. La doctora Castañeda me dio el alta hace tres días. Estoy comiendo bien. Lárgate.

Blanca me saca la lengua un sorbo de veinte calorías más tarde. Ya no tiene nada más con lo que entretenerse, así que deja de fingir que está perdiendo el tiempo.

–Si Néstor y tú no fueseis tan raros –suelto arqueando los labios–, le contaría con quién te has acostado esta noche.

Sonríe, bromea, tómatelo todo a la ligera y la gente comenzará a creer que lo has superado. Nadie se espera que una anoréxica sea feliz.

–¡Eres... una petarda! –Blanca recoge su paraguas rojo del cubo de Mickey Mouse de nuestra entrada–. Pues tiene un hermano de tu edad y está buenísimo, que lo sepas.

Fuerzo otra sonrisa. Parece que alguien ha vuelto a estudiarse su manual de *Conversaciones irreverentes para zanjar una discusión con su hambriento pariente*...

–Ya, fantástico, pero te recuerdo que hoy tengo mi propia cita a ciegas, e «ilusionada» o «excitada» no son precisamente las palabras que escogería para describir mi estado de ánimo.

Hace casi veinticuatro horas, Blanca y Néstor me acorralaron en el salón –haciendo que la grasa de mi culo chocase contra el marco claro de la puerta– y, utilizando a mamá y a su mirada húmeda como cebo, me obligaron a ir a conocer a aquel idiota ~~que me salvó la vida~~ del bar. Me crucé de brazos, escurrí mi cuerpo entre los suyos y me dejé caer en el sofá; negué, negué, negué. Pero con cada uno de mis monosílabos ellos parecían animarse más.

«Tendrías que darle las gracias…»

«Deberías enfrentarte a tu pasado de una vez…»

«Es un chico agradable…»

«Es el mejor modo de continuar con tu vida, justo donde la dejaste…»

Claro, era eso, para ellos aquellos dos meses que pasé en la clínica no son más que un paréntesis; no importan, no cuentan, se borran como una tilde mal puesta sobre el papel. Pero yo no puedo sencillamente «continuar con mi vida justo donde la dejé» porque esa vida ya no es mía. Mi vida ahora es distinta y no puedo obviar la hospitalización; no puedo robarle sensaciones a mi memoria.

Al final, aturdida, enfadada, sintiendo que me faltaba la respiración, acepté de mala gana. Habría dicho que sí a cualquier cosa con tal de que dejasen de repetir la palabra «pasado».

Ahora mi hermana, dando saltitos sobre las tablillas del parquet, se pone sus botas de agua, olvidándose por una fracción de segundo de las quinientas veinte calorías que se enfrían sobre mi plato.

—Cierto —asiente con la cabeza, dejando que sus rizos se expandan en el aire—. Al fin vas a conocer a Cristian, ¿eh? En serio, tienes mucho que agradecerle.

En lo que dura un parpadeo, mi campo visual se tiñe del color de las cerezas. Una vez más, puedo ver ante mí la sangre saliendo a borbotones de mis venas, manchando mi camisa, cayendo gotita a gotita sobre los sucios azulejos del baño. Después de tanto tiempo, siento, como si aún estuviese allí, las cachas de azabache de aquella afilada navaja, que alguien había colocado antes sobre la pileta del lavamanos.

–Sí –susurro, y ahora sé que no es ningún chiste. Blanca no nota el drástico cambio que ha sufrido el tono de mi voz–. Han sido dos meses inolvidables en la Casa del Terror.

Mi hermana aprieta los labios, estirando el brazo hasta lograr tocar el pomo de latón de la puerta. Lo gira. Un fuerte olor a calle, a libertad y a productos de limpieza desinfectantes se instala en mi nariz.

–Come, por favor –ruega.

Y se va. Puedo escuchar la suela de sus zapatos contra las escaleras durante un microsegundo. Después, el silencio.

«Come, por favor», «Come, por favor», «Come, por favor», «Come, por favor», «Come, por favor». Pero no es tan fácil. Ojalá fuera tan fácil.

La acción es simple: coge una tostada con dos dedos, acércatela a la boca, muerde, mastica al menos cinco veces, traga. Repite el proceso tantas veces como sea necesario, muchas gracias.

Mi cerebro se desconecta y se paraliza en «acércatela a la boca». Suspirando, la dejo caer sobre la mesa plegable de nuestra cocina, junto al frutero de plástico, y la escudriño con firmeza. Solo tengo dos opciones ahora: acallar mis propias órdenes, evitar escuchar las voces que susurran junto a mi oído y terminar mi desayuno, o mentirle a Blanca y comenzar el juego de nuevo.

Una lágrima como una uva desciende por mi mejilla, y entonces comprendo que acabo de decantarme por la segunda opción. Espero terminar mi partida antes de que aparezca la pantalla de *Game over*.

Troceo las tostadas con las manos hasta que caen las migas suficientes como para pensar que he comido, dejo el plato sucio sobre el fregadero y tiro los restos por el retrete. Ha sido casi tan fácil como tirar de la cadena y regresar a la cocina como si no hubiese pasado nada. La taza ya está vacía junto al plato. Victoria es una buena chica que come todo lo que le piden los médicos; deberíais sentiros orgullosos de ella.

10 calorías de tostada + 20 calorías de capuchino = 30 caritas sonrientes.

Calzándome, compruebo que no llueve y cojo mi bicicleta roja, escondida detrás del sillón. Bajo las escaleras antes de que alguna vecina me reconozca y me acose a preguntas (¿Victoria? ¡Qué guapa! ¿Ya has vuelto del hospital? ¡Antes estabas demasiado delgada!) y, sencillamente, pedaleo. Lejos de los problemas, lejos de la incomprensión, lejos de los sentimientos. Lejos de todo.

El aire gélido colisiona contra mi cara, congelando la sangre que sube a través de mis venas al cerebro. Sigo pedaleando, ajena a los ojos que me miran. Las calles del casco antiguo de Santiago parecen fluir a mi alrededor, extendiéndose y creciendo como si las paredes de piedra y los tejados anaranjados fuesen a caer sobre mi cabeza.

A Blanca no le había parecido una gran idea que trajera la bicicleta («¡Si todo el mundo va a todas partes a pie!»), y a Néstor le hizo una gracia horrorosa, pero yo me alegro de tenerla conmigo. Siempre me han gustado las bicicletas, desde que era pequeña, antes de que llegara la fiebre *vintage* y todo el mundo corriera a sus desvanes para sacarle el polvo a la suya. Me encanta sentir el viento contra mi piel, mi pelo rubio danzando en la inmensidad de Santiago, mi cuerpo cogiendo más y más velocidad, como si fuese a tocar el cielo.

Bajo las empinadas calles que me alejan de la zona sur de la ciudad, tratando de no pensar que estoy recorriendo el mismo camino que ese día otoñal, pero a la inversa. La diferencia radica en que esta vez no terminaré en el hospital. No vestiré un pijama azul y no tomaré batidos hipercalóricos Prosure. Eso no volverá a ocurrir nunca.

Cuando parpadeo, me encuentro con un pequeño bar con la fachada negra. Alzo la vista y leo, en un cartel medio descolgado, las palabras Dragón Fe seguidas de una mancha alargada, como si las letras después de Fe se hubiesen borrado con la lluvia.

Trago saliva, sintiendo la lava burbujeando en mi interior, amenazando con abrirse paso a través de mi garganta. Apretando los dientes, entro, y mis deportivas se pegan al linóleo oscuro. No hay ningún chicle; es el miedo el que me frena.

Lo primero que me azota nada más entrar en el establecimiento es un intenso olor a fritos –como si alguien estuviese introduciendo chipirones en aceite caliente a menos de un metro de mí– que confluye con otro metálico, un poco más difícil de identificar, que reconozco como el del vino barato. Hay fotografías de grupos como The Raincoats, Alice in Chains o The Traveling Wilburys en las paredes, negras y verdes, y todas ellas parecen dirigir a un pequeño escenario situado en el fondo, donde, tal vez a propósito, las bombillas parecen haberse fundido. A su lado hay dos puertas de un rosa desteñido que («No las mires. No las mires. No pienses en ellas. Mira a un basilisco a los ojos y quédate ciega») sé que conducen al baño.

Delante de mí hay cuatro mesas de plástico que me hacen pensar en los picnics en la playa y en los veranos de la escuela primaria, que no parecían terminar jamás. Las sillas tienen forma de huevo y sobre una, como si alguien sencillamente lo hubiese dejado allí, descansa un menú cuyos bordes plastificados se retuercen sobre sí mismos.

Hay un chico en la barra, a mi derecha. Es alto, desgarbado y de rostro simple, casi feo. Su pelo, tieso, se dispara en todas direcciones, brillando con tintes rojizos bajo la intensa luz del sol; de algún modo me recuerda a la desfachatez de Johnny Rotten, el extravagante cantante de los Sex Pistols. Entre sus manos anchas y morenas aprieta un trapo a cuadros que, con extrema delicadeza, va pasando sobre la barra. Al intentar recordar a aquel muchacho lleno de *piercings* y tatuajes, escondido tras el último número de la revista *Rolling Stone*, mi pasado me devuelve la imagen de una persona completamente diferente.

Trato de alejarme despacio, decirle a Blanca que lo siento pero que su plan no ha dado resultado. Curiosamente, el camarero levanta la cabeza y me sonríe, dejando que sus dedos largos se escurran a través del alargado charco de agua que cubre la barra, entre las jarras de cerveza vacías y los palillos usados.

–¿Te has perdido? –pregunta suavemente, con un aire bonachón. Mis pies se clavan en el suelo, manteniéndome estática en una posición de sospecha.

–Estoy buscando a una persona –afirmo, hundiendo las manos en los bolsillos de mi chándal. Él asiente e inclina la cabeza hacia mí para poder oírme mejor–. Se llama Cristian.

El camarero, que de pronto parece haberse olvidado de limpiar, se encoge de hombros, mirándome con una repentina curiosidad. Por alguna razón, mis mejillas se encienden, derritiendo el hielo que rodea las capas más profundas de mi piel. La pregunta de «¿Qué estoy haciendo aquí?» me invade en una fracción de segundo.

–Es alto, delgado y tiene muchos *piercings* –insisto, evitando escuchar las palabras titubeantes que salen de mis labios. El olor metálico de la sangre vuelve a instalarse en mis fosas nasales. Un pendiente brilla desde la ceja izquierda del chico–. Y… hum, un tatuaje en el brazo. –Me señalo la zona exacta donde estaba situado–. Una serpiente enroscada o algo así.

En un segundo, la expresión del joven se relaja, esbozando por primera vez un gesto amable y cariñoso, como si me hubiese descubierto hablando de alguien muy querido.

–¡Ah, Kenji!

Como respondiendo a su grito, un hombre gordo y sudoroso sale de lo que debe de ser la cocina con un delantal repleto de manchas de grasa alrededor de la cintura.

–Pregunta por Kenji –afirma el camarero, señalándome con dos dedos. El cocinero asiente, abriendo sus ojos negros como dos escarabajos. A lo lejos, confluyendo con la canción *Dislexic Heart* de Paul Westerberg, puedo oír el chisporroteo del beicon friéndose en una sartén con demasiado aceite. Disimuladamente, entierro mis orejas en el forro de borrego de mi sudadera–. ¿Qué opinas? ¿Crees que será su novia? No sé, no parece de su tipo.

–Tú eres esa chica –murmura el hombre, bajando las cejas espesas y oscuras hasta que su mirada se ensombrece–. La chica que... esa chica.

Las cicatrices horizontales de mis muñecas parecen crecer por debajo de las mangas que las cubren. De pronto me arden, me queman como la lejía, y yo no puedo hacer nada... solo huir.

–Lo siento –mascullo apretando los dientes. En un acto casi involuntario, mis pies se arrastran rápidamente por el sucio suelo, acercándome a la calle a una velocidad inusitada.

–¡Eh, espera! –gritan los dos, corriendo detrás de mí–. ¡Espera, espera!

El beicon sigue friéndose, el aroma intenso de la sangre sigue danzando en mi interior, la canción de Paul Westerberg ha sido intercambiada por una de Temple of the Dog. Me detengo, sintiendo mi labio inferior convulsionar, chocando contra mis dientes.

–Esta semana Kenji tiene turno de tarde –explica el gordo, apoyando su manaza en mi hombro. Me aparto automáticamente, con miedo de volverme hacia él. Mis muñecas abiertas y la cara de Marcos cuando me dijo esas cuatro últimas palabras ocupan todo mi campo visual, haciendo que el mundo real, el verdadero, se descomponga–. Y le toca librar los martes y los jueves. Cuando venga, puedo decirle que has preguntado por él.

Fuego líquido fluyendo por mis venas, arrasando con mis glóbulos a su paso. Trago saliva, dando dos pasos hacia delante.

—¿Sabes qué? —me atrevo a decir, notando cómo mis pómulos cambian muy rápidamente de color—. Olvidadlo. Debía de estar loca cuando vine aquí. —Me paso una mano por el pelo, apartándome los mechones del flequillo de los ojos—. Tú… dale las gracias por salvarme la vida y eso.

—¿Nada más? —pregunta el joven, frunciendo el ceño con una expresión curiosa. Estoy a punto de responder con su misma pregunta; las palabras ya están en la punta de mi lengua, pero algo muy diferente sale de mis labios. Algo que no tiene nada que ver conmigo, con Cristian o con mi sangre.

—¿Realmente se llama Dragón Fe? —Con un movimiento de la cabeza señalo hacia fuera, hacia el cartel medio desprendido. En el rostro redondo y afable del cocinero crece una sonrisa amplia y cercana.

—Las letras del nombre están borradas a propósito —explica con orgullo—. Para que cada persona lo termine como quiera.

Dragón Fe… Dragón Fe… Dragón Fe…

—¿Puedo preguntarte cómo lo terminarías tú? —inquiere con demasiada amabilidad. Intento despegar los talones del suelo, pero es en vano. Mis piernas, de pronto, parecen incapaces de sostener el asfixiante peso de mi cuerpo.

—Dragón Feliz —confieso. Estoy a medio palmo de la calle, de la libertad, y una repentina brisa fresca me lanza dos hojas marrones a la cara. Una de ellas cae con un remolino sobre los pies del camarero, que dulcifica la expresión.

—Todo el mundo dice lo mismo —comenta, satisfecho—. A nadie se le ocurre Dragón Feroz o Dragón Fétido. Todos Feliz.

—No creo que mucha gente se dejase caer por aquí si esto se llamase Dragón Fétido —bromea el hombretón, haciendo que sus tres papadas tiemblen a medida que habla.

La fuerte ventosa que mantenía mis pies pegados al linóleo desaparece, y yo camino sin mirar atrás. Sin tan siquiera decir adiós.

El agua caliente sale a borbotones del grifo de la bañera, mezclándose con las espesas burbujas blancas que flotan entre mi esponja lila y un bote de champú vacío que acaba de precipitarse desde su lugar en el estante. Me quito la ropa rápido —para no ver mi reflejo de morsa en el espejo— y entro de un salto, empapando las baldosas blancas y la alfombrilla de baño.

«Delgada, delgada, delgada… esquelética.»

Me enjabono el cuerpo con parsimonia, cerrando los ojos ante mis muslos abultados y mi vientre hinchado, haciendo caso omiso a mis caderas anchas y mi cintura inexistente.

Cincuenta y tres kilos. Cincuenta y tres kilos. Cincuenta y tres kilos. Cincuenta y tres kilos. Gorda. Gorda. Gorda. Gorda. GORDA.

Mi mano se detiene al llegar a mi muñeca, haciendo que la esponja se deslice y caiga con un golpe sordo. La pulsera de Tatiana es demasiado fina y no consigue ocultar la cicatriz rosa. Hasta el codo, cinco pequeñas heridas, algunas más recientes y otras casi invisibles. Todas son superficiales, como deberían haber sido las de las muñecas. Me pasé de la raya, sufrí demasiado, no supe calmarme.

Cincuenta y tres kilos. Cincuenta y tres kilos. Cincuenta y tres kilos. Cincuenta y tres kilos. Gorda. Gorda. Gorda. Gorda. GORDA.

—¿Victoria? ¡Ya estoy en casa!

La voz de mi hermana entra con descaro por la rendija de la puerta semiabierta. Ahogadamente oigo cómo abre la nevera en busca de los restos de cianuro y hemocoagulantes de la cena de ayer.

—¿Hola? ¿Estás por ahí o has congeniado demasiado con Cristian?

—¡En el baño! —exclamo, sumergiendo la cabeza para aclarar los restos de champú. Como respondiéndome, una cuchilla de afeitar se desploma sobre mis piernas, aún cubiertas del vello claro que no me permitieron rasurar en el hospital. Querían verme grande y peluda, como un oso gris de tamaño adulto.

—¿Con Cristian?

—¡Vete a la porra!

Mis ojos se detienen en la hoja afilada y mis cicatrices cerradas. Aparto la vista. Soy una chica fuerte, soy una chica fuerte, soy una chica fuerte… No tengo por qué hacerlo; eso no puede volver a convertirse en un hábito.

—Voy a invitar a Néstor, ¿crees que habrá suficiente lasaña para los tres?

No. Quedaos vosotros con vuestros hidratos de carbono y dejad que yo me apañe con una pieza de fruta.

–No lo sé. Tu novio come como una hiena.

Salgo de la bañera, tiritando. Fuera llueve con violencia, haciendo que los cristales de las ventanas tiemblen. Una lágrima sigilosa se confunde con las gotas de agua que invaden mis mejillas. Todo es demasiado complicado.

2.000 calorías

¿Sabes lo que es la Navidad? Dos semanas de comidas cuantiosas, de dulces, de grasas y de excesos sin descanso.

Carne estofada. Patatas cocidas. Salsas, salsas y más salsas. Todo el marisco que puedas conseguir. Pastel de chocolate con nata. Turrón. Bombones. ¡No te olvides de los entremeses! Champán. Vino fino. Vermut. Polvorones. Refrescos. Almendras rellenas. Cocadas. ¿Tienes suficiente o quieres más? ¡Y no pongas esa cara, que son fiestas! Pero ¿tú comes, Victoria? ¡Estás demasiado delgada! Tu padre se conectará a Skype a las doce. ¿Puedes atender a esos turistas alemanes? ¡No dejes de probar mis delicias de trufa! Come, come, come, come, come, ¡come!

Mejor no me preguntes por qué odio las Blancas Navidades. O por qué, cuando llega el momento de volver a clase, lo hago con una sonrisa que nadie comprende.

Pero hay algo que no soporto más allá de las comidas o los familiares. Todo el mundo, de pronto, parece sentir una necesidad insaciable de comunicarse con el exterior. Mi móvil, mi muro de Facebook, mi tablón de Tuenti y la bandeja de entrada de mi correo electrónico se colapsan con las felicitaciones, los saludos y los recuerdos de decenas de ~~conocidos~~ antiguos amigos.

Bandeja de entrada (3)

Presiono levemente el ratón de mi portátil. Estamos en nuestra casa familiar, en Ferrol. Mi hermana resopla, cargando con una maleta demasiado pesada; mi madre se despide por última vez de los abuelos, mientras les entrega una fuente envuelta con papel transparente con las sobras del veneno de serpiente que han traído.

Un par de jóvenes suecos que habían ido en busca de unas vacaciones de invierno diferentes me saludan con la mano. Aquí todo sigue igual. Aunque la mayor parte de las ganancias de Lamarca's se debe a la casa de comidas del piso inferior (donde intachablemente te encontrarás con familias de clase media alta con niños rubios vestidos de Ralph Lauren y jubilados celebrando algo así como sus cien años de casados), en el segundo piso tenemos alquiladas tres habitaciones dobles que en verano se llenan de surfistas rubios que deciden aventurarse a probar las olas gallegas. Nunca tuve una casa, en realidad. Siempre seré la niña que nació y creció en un hostal, aprendiendo lecciones de músicos hippies y extranjeros de estética *indie*.

De pequeña me gustaba esto. Lamarca's está situada en la falda suave de una colina junto a la playa de Doniños, una de las más grandes de la ciudad. En invierno, el aire huele a hojas de pino y a frutos secos; en verano, los rayos del sol acarician tu piel con delicadeza, tiñéndola de su misma tonalidad dorada. Desde la ventana de la habitación que comparto con Blanca pueden verse, como espectros de un pasado remoto, los árboles meciéndose a voluntad del viento.

Estoy sentada en las escaleras de nuestro porche, las astillas de madera se me clavan en las pantorrillas. Más allá de la pantalla de mi portátil se extienden nuestro césped mal cortado y las buganvillas que mamá plantó hace dos veranos. Clavado sobre nuestra valla, cuya pintura clara ya ha empezado a desconcharse, se tambalea un cartel con el menú del día y los precios de nuestro establecimiento. Parpadeo y vuelvo a clavar los ojos en el aparato que calienta mis pantorrillas.

Michael Smith	Hey! Do you want to win an iPhone?
Néstor Fernández	RE:RE:RE:RE: feliz año nuevo, petardaaaa!
Marcos Céspedes	(Sin asunto)

Su nombre está ahí otra vez, debajo de la publicidad engañosa y la conversación que el novio de mi hermana inició conmigo hace cuatro días. Parpadeo de nuevo, observando las espaldas de los extranjeros empequeñeciendo en el horizonte hasta que desaparecen más allá de la parada del autobús, donde crecen el hinojo en invierno y las moras silvestres en verano. Vuelvo a dirigir la mirada a la cegadora pantalla blanca. Su nombre sigue estando ahí, en negrita, y no va a esfumarse.

No lo hagas. No lo hagas. No lo hagas.

Pincho sobre esas dos palabras –sin asunto– y me muerdo el labio inferior con fuerza. Una brillante gota carmesí desciende por mi barbilla, blanca como la leche.

De: cesp.marcc@hotmail.com

Para: vic–pinkstar@hotmail.com

Asunto: (Sin asunto)

Venga, va, este es como el quinto mensaje que te dejo en una semana. ¿Cuánto hace que no hablamos? Ni siquiera me has contestado a las felicitaciones de Navidad.

Mira, sé que estás en casa y sé que sabes que voy a Ferrol en las vacaciones de primavera. Me gustaría que quedáramos entonces, de verdad. Por favor, contesta.

Yo sigo queriéndote, tú para mí eres muy especial, y eso no cambia de un día para otro. Pero quizá ahora no sea nuestro momento. A lo mejor llevamos demasiado tiempo juntos; somos jóvenes. Compréndeme y no me juzgues. Yo nunca lo hice con… bueno, con lo tuyo.

Por favor, contesta. Me tienes preocupadísimo.
Besos desde Irlanda,
M.

«Llevamos demasiado tiempo juntos…», «Somos jóvenes…», «Deberíamos darnos un tiempo…», «Cuando te recuperes del todo…», «Eres muy sensible…». Mentiras. Mentiras. MENTIRAS.

Una espesa nube plateada cubre mis párpados, desdibujando los contornos de mi ordenador, de mis manos temblorosas, de los pinos más allá de nuestro jardín, de los clientes que ríen deseándose un buen año, de mi vida.

–El tío Blas os acercará a la estación, ¿de acuerdo? –anuncia mamá, seguida de una procesión con Blanca a la cabeza y sus bártulos a los pies. Las cataratas del Niágara descienden por mis mejillas y ellas tardan una fracción de segundo en darse cuenta.

Mamá me abraza por detrás, apretando con sus dedos callosos la gruesa lana de mi jersey, impregnándome con su aroma a naranjas y mandarinas. Mi estómago quiere salir huyendo de mi interior.

–Mi pequeñina, ¿qué te pasa? ¿Te encuentras mal?

–No, no es nada –murmuran mis labios temblorosos mientras mis dedos rechonchos secan el manantial de mis pupilas–. Debería cambiar de correo electrónico. La dirección que tengo ahora no es muy seria.

Un parpadeo. Blanca y mi madre clavan sus ojos verdes en la pantalla luminosa. Intento cerrarla, pero ese nombre, Marcos Céspedes, es imborrable. Mamá vuelve a estrecharme entre sus brazos y pronuncia las palabras mágicas.

–Puedes comentárselo a la doctora Robles. Seguro que ella te ayudará.

Sí, cuéntaselo a tu hada madrina, la doctora Robles. Llora delante de ella, dile que no quieres comer aunque estás muy delgada-esquelética-deshumanizada, dile que tu novio te ha dejado porque es agotador tener que ocuparse de una chica muy delgada-esquelética-deshumanizada, dile que de noche, cuando crees que todos duermen, sales a correr por la Alameda porque no soportas esa grasa invisible que rodea tus huesos (im)perfectos, dile que no consigues concentrarte en los estudios porque te rugen las tripas de hambre, dile que nadie te comprende ni lo hará nunca porque ellos solo te ven como a una loca y una niña mimada. Dile todo eso, deja que haga un batido con tus sentimientos y bébetelo de un trago. Así no tendremos que seguir ocupándonos de ti.

—¿Dónde están las dos chicas más guapas? —muge el tío Blas, dando un salto delante de nosotras. Su tercera mujer, Marta, nos sonríe con falsedad, mostrando sus pequeños dientes manchados de carmín—. ¿Estáis listas?

Asiento antes de que nadie más lo haga por mí, guardo el portátil con brusquedad y agarro mi maleta. El aire helado me amilana por un instante. Me pongo los guantes, un fular y una boina. Sigo teniendo frío.

—¡Pues vamos allá!

Caminamos hacia el coche de mi tío mientras él comenta lo mucho que hemos crecido y la suerte que tenemos de no haber heredado la insensatez que tanto caracteriza a su hermana (mi madre) y a él. La hierba y las flores, cubiertas de rocío, llenan de gotitas redondas el ante que recubre mis botas. Bajamos la calle entre risas enlatadas, abriéndonos paso a través del parque infantil y la tienda de helados hasta llegar al aparcamiento de la playa, desde donde puede verse (y hasta casi olerse) un mar oscuro como una gota de tinta china. Las suelas de mis botas están ahora repletas de arena.

Alguien ha comido un bocadillo en el Toyota Prius de mi tío. Las migas del pan oscuro y los sospechosos restos de un jamón de Jabugo bailan a mi alrededor y se introducen en mi piel.

Blanca masca un chicle de menta. Marta apura la última cocada de mi abuela, manchando sus manos cortas y gruesas de blanco. El tío enciende la radio, dejando que los primeros acordes de una canción de Carla Bruni ocupen el lugar del silencio.

—¿Qué decíais que estáis estudiando? —pregunta Marta, limpiándose las manos en su falda de tubo demasiado ajustada. El coche se pone en marcha, dejando que los bosques y los chiringuitos pasen como bólidos junto a nuestros cuerpos.

—Yo Psicología y ella Filología Inglesa —responde Blanca tras hacer un globo con su chicle. Unos enanitos diminutos saltan con zapatos de claqué en mi cabeza. La música está demasiado alta, los olores son demasiado fuertes, las imágenes son demasiado nítidas.

—Oh, eso es encantador.

Hace exactamente seis años, era una chica perfecta que pesaba treinta y seis kilos. Era etérea como los rayos del sol y sonreía todo el tiempo. Mi estómago estaba vacío y contento. Al ir a clase, de pronto todos los chicos se fijaban en mí con descaro y las chicas me hacían una radiografía mental, preguntándose cuál era mi secreto para estar tan delgada. Mi vida entonces era maravillosa.

Pero a alguien se le ocurrió que estaba enferma y que moriría si no me encerraban en una cárcel con enfermeras mal encaradas y médicos que siempre llegaban tarde a sus citas. Lloré, grité y pataleé, pero nada de eso impidió que me atasen a una cama de sábanas ásperas y me inyectasen grasa y azúcar por vía intravenosa. Con sus sonrisas sombrías y sus carritos cargados de comida me lo quitaron todo.

Mis treinta y seis kilos se convirtieron en cuarenta, y los cuarenta en cuarenta y cinco. La sonrisa desapareció para siempre de mis labios, pero ellos decían que estaban curándome. Así pasaron los días, las semanas y los meses hasta que llenaron mi interior de papel maché y serpentinas como si fuese un paquete de Navidad. Ahora que peso cincuenta kilos, dicen que estoy guapa y que soy fuerte. ¡Mentirosos! Solo soy una vaca sin fuelle, una muñeca pepona abandonada, una chica débil que pincha con su tenedor de plata la ponzoña que colocan ante sus ojos tristes. Mi vida ahora es desastrosa.

En el autobús hace frío y no tengo abrigo o mantas con los que entrar en calor. Blanca me deja el lado de la ventanilla y se evade con los cascos tamaño XXL que le regaló la hermana de mi madre. Chicos y chicas cuyos nombres desconozco caminan por las calles sin detenerse a mirarme. Intento concentrarme en el ejemplar de *Tokio Blues* que estrecho entre mis manos, pero las palabras de Haruki Murakami se difuminan, desplomándose al vacío entre mis dedos índice y pulgar. Estoy desnuda de sentimientos.

«Deberíamos darnos un tiempo…»

Hace siete años y medio, era una niña de doce años que tenía el mundo a sus pies. Caminaba por la playa con mi madre mientras Blanca –que tenía catorce– charlaba por teléfono con sus amigas, porque todo el mundo sabe que los teléfonos han sido expresamente creados para uso y disfrute de las hermanas de catorce años. Papá, con su piel blanca como el papel, completaba crucigramas en una arrugada revista de pasatiempos.

Las amigas y las amigas de las amigas de mamá se acercaban a nosotras, preguntando si yo era «la pequeña Victoria». Mamá, henchida de orgullo, respondía que sí, que había terminado mi primer curso en la ESO con una media de sobresaliente y que ese verano viajaría a Canadá para mejorar mi inglés. Entonces ella no podía saber que su marido también cruzaría el océano, por razones muy diferentes. Las amigas y las amigas de las amigas sentían envidia porque sus hijas no eran como yo, y felicitaban a mamá por fuera mientras se quemaban por dentro.

Al verano siguiente, los «enhorabuena» fueron cambiados por los «¡Cuánto has adelgazado!», y al siguiente más, por los susurros cohibidos de «La hija de Sofía, sí, anoréxica...». Nadie, en ningún momento, trató de comprenderme. Solo era el intento fallido, la oveja negra, la pequeña a la que no pudieron salvar. Me lo decían con la mirada y yo, que entendía, bajaba la cabeza en dirección a mis pies, a la báscula debajo de ellos, esperando cruzar al fin la frontera de los cuarenta kilos. Me pidieron que bajara del tren cuando ya estaba en marcha y era demasiado tarde.

En Santiago llueve cuando nos bajamos del bus; en esta ciudad llueve todo el invierno, excepto cuando cae una nieve pegajosa que cubre las aceras de blanco sin llegar a cuajar. Mi hermana abre su paraguas mientras esperamos a que llegue su novio en su coche, envuelto en un perfume de barbacoa y Big Mac.

Posando sus pupilas sobre mí, ella mueve los labios con parsimonia, dejando que las luces anaranjadas de las farolas iluminen su carmín rosado. «No lo digas. No lo digas. No lo digas. No lo digas.»

—¿Qué quería Marcos?

«Lo has dicho.»

Me encojo de hombros, notando cómo el peso de mi mochila aumenta sobre mis hombros, tirándome hacia atrás. Contemplo mi reflejo en un charco, pero mi cuerpo es demasiado voluminoso como para ser admirado en todos sus ángulos. La lluvia se convierte en lágrimas sobre mis pómulos, pero nadie parece darse cuenta. Nadie se da cuenta de nada.

—No lo sé. Sentirse mejor consigo mismo, supongo. —Nubes rizadas de vaho impregnan el espacio entre nuestros dos cuerpos, allí donde se extiende un débil halo de incomodidad. Dos hermanas no deberían tener miedo de hablar—. Qué putada que tu novia se corte las venas después de que rompáis, ¿eh? Como para echarse las culpas…

Blanca contrae el gesto, buscando mi mano en la oscuridad que envuelve la ciudad como un manto. Arriba, en un cielo azul cobalto, no brillan la luna ni las estrellas. Alguien más grande que nosotras se ha encargado de apagar las luces del cielo, cerciorándose de que se camuflen con mi soledad.

—Marcos no es mal chico —afirma suavemente, con lentitud. Las palabras son escogidas con cuidado porque hasta el más mínimo soplo de aire podría derribarme—. Lo odio por haberte dejado hecha una mierda, pero no es mal chico. —Aprieta mis dedos enguantados, tratando de darme calor. Una vez más, se ha echado demasiada colonia de coco y mis fosas nasales se bloquean. Ni ellas ni yo queremos oler porque nos cruje el estómago y la comida no podría ayudarnos ahora–. A veces hablo con él, ¿sabes? Por Tuenti y por Messenger, las pocas veces que me conecto. Deberías darle una oportunidad, escuchar su versión de la historia. No es como si hubiera cortado contigo definitivamente, solo…

El volcán de mi esófago quiere entrar en erupción, esparcir entrañas y vómito sobre los cristales de los escaparates y los anoraks de las señoras que van a hacer una última compra y las chaquetas de los señores que vuelven a casa tras una partida de mus.

–Solo quiere tener vía libre para enrollarse con un par de irlandesas pechugonas mientras a mí me cebáis como a una cerdita, ¿no? Porque, si soy yo la que se va, seguimos juntos; no me lanzaré a los brazos de un celador pervertido. En cambio, si el que se va es él, todo cambia. ¡Pues no lo entiendo!

Mis cuerdas vocales se desgarran con mis gritos; la gente me mira con mala cara, agarrando los puños de sus chaquetas fuertemente, deseando que sus hijos y sus nietos no se parezcan a mí. Soy contagiosa.

–Victoria, relájate. Mira, llevas toda tu vida con él, quizá ahora sea el momento de conocer a otros tíos; empezar de cero. ¿Me sigues?

«Claro que te sigo. Te sigo perfectamente.»

–Déjame en paz. –El semáforo, al otro lado, cambia del verde al ámbar y del ámbar al rojo, tiñendo nuestros rostros de colores–. Eres como los demás, y te odio. Y odio a Marcos, y os odio a todos. ¿Por qué no podéis dejarme respirar?

«El odio es bueno», dice la doctora Robles. «Canalízalo, siente, expresa.» Mentiras. Mentiras. Mentiras. Mentiras. El odio no es bueno; solo hace que te pudras por dentro. Y en mi interior, en el espacio entre mis costillas, crece el moho.

Blanca abre la boca para hablar, pero los faros del coche de Néstor nos ciegan. Subimos en silencio y, al entrar, nos cosemos los labios con hilos invisibles. Solo la voz del chico resuena, como surgida del interior de la tierra, entre los éxitos de un escandaloso grupo de rock que no consigo identificar.

–Helloween, tío –aclara él, bajando las ventanillas aunque estamos a cinco grados–. Me lo pasó una compañera de la facultad, Álex, una gótica muy maja. Son la hostia, en serio. El rock alemán sí que mola, mucho más allá de Rammstein.

Las palabrotas flotan entre el polvo y una mosca muerta que resbala junto a mis brazos helados. Néstor nunca ha sabido expresarse bien, aunque ya esté en tercero de Ciencias Políticas. Le gusta soltar tacos; dice que le dan categoría. Nunca ha explicado en qué o por qué.

Ni Blanca ni yo contestamos.

–Eh, después del paseo, supongo que me invitaréis a cenar, ¿no? No podéis dejarme tirado en la calle, con un frío que pela, como a un indigente. Los vecinos hablarían.

Néstor siempre está feliz, siempre sonríe, siempre está alegre. No se enfadó cuando perdió la cartera en la discoteca D3, ni cuando un par de adolescentes borrachos lo llamaron de todo por dejarse crecer un flequillo *emo* y llevar una camiseta de Pink Floyd. Néstor no se enfada por nada, y por eso me cae tan bien. Tiene sus defectos, pero esto lo hace especial.

Blanca separa la partícula de hielo que cubre sus labios, dando paso a las sílabas y las frases que se acumulaban en el espacio entre sus dientes.

–Sí –asiente, moviendo la cabeza de arriba abajo. Sus rizos huelen al limón y a la menta de su champú anticaspa–, podemos pedir una pizza en el Domino's, ¿qué os parece?

«Que la pizza se mezclará con la carne, el pastel, los polvorones, los turrones y las cocadas que flotan en mis jugos gástricos y explotaré, dejando un bonito cadáver sobre el sofá del salón.»

–Yo tomaré un poco de fruta –tercio, estirando las mangas anchas de mi jersey–. Tengo el estómago un poco revuelto.

El coche frena ante un stop. Mi hermana me observa con atención, como un perro de caza inteligente y astuto.

–Eso es muy poco para una cena –comienza, contrayendo el gesto–. La doctora Castañeda dijo...

–La doctora Castañeda no tiene ni idea de lo que puede marear un viaje de Ferrol a Santiago.

Nos ponemos en marcha de nuevo, acelerando demasiado rápido. Mi cerebro, anestesiado por tantas calorías, utiliza mi sistema digestivo como saco de boxeo, hiriéndome de muerte y dejándome en una cuneta, rodeada de penumbras.

–Ya, pero tienes que comer –me recuerda, insistiendo en ese «comer». La erre, pronunciada fuertemente, se dispersa en la inmensidad que rodea el Ford Fiesta hasta desaparecer finalmente entre las sombras. Néstor, desde el asiento del conductor, chasca la lengua.

—Venga, mujer, que tu hermana está bien. ¿No ha estado siguiendo la dieta? Además, ¿de qué sirve que eche la pota como el otro día? Mañana ya cenará fuerte.

La presión atmosférica del coche es tan densa que hasta los agradecimientos son destruidos antes de liberarse.

—Mejor cereales —decido—. Así entraré en calor.

Desde mi habitación me llegan tenuemente las conversaciones de la película de terror que Néstor y Blanca han alquilado e intensamente el olor de la masa gruesa de la pizza, el queso fundido y las lonchas de *pepperoni*.

Soy una chica fuerte. Soy una chica fuerte. Soy una chica fuerte.

En el reverso de la caja de cereales dice que un bol equivale a doscientas calorías, pero, modificando hábilmente las cantidades de leche y fruta, puedo conseguir que se conviertan en cien. Cien satisfacciones que recorren mi garganta, rodean los restos de veneno medio consumido y se asientan en mi estómago, dejando en mi boca un leve sabor a manzana y plátano.

Soy una chica fuerte y tomaré de nuevo las riendas de mi vida. Nada ni nadie podrá dañarme; seré poderosa y delgada.

Yo.

Voy.

A.

Brillar.

Enciendo el ordenador deprisa y tecleo en un segundo la dirección de mi blog. La última vez que escribí en él, aquella tarde de octubre teñida de sangre, me había lanzado sobre las teclas de mi móvil con voracidad. Es hora de redecorar mi mundo.

Be Skinny

Por **coco** "Dom Ene 6, 2013 9:35 pm"

¡Ya está bien, princesitas! ¡Hasta aquí hemos llegado! En estos seis años me han inflado, desinflado, castigado y gritado. Pero ¿sabéis qué? Voy a decir adiós a todo eso... definitivamente.

¿Por qué voy a comer si a mí lo que me hace feliz es tener el estómago vacío? ¿Por qué voy a permitir que me juzguen cuando no han intentado, **ni por un minuto**, ponerse en mi piel?

Voy a deshacerme de este envoltorio de cincuenta kilos y voy a hacerlo a partir de ahora. Primero, abrazar los cuarenta y cinco. ¿Mi meta a largo plazo? Los redondos y perfectos cuarenta, hechos de sueños y esperanzas.

Chist... ¡Escuchad mi secreto! Dieta de Christian Bale durante dos semanas: una taza de café (mejor té, más saludable) + una manzana + una lata de atún = 375 preciosas calorías.

Después, un máximo de 800 calorías al día; deporte todas las noches.

¿Alguna otra sugerencia?

¡Sed fuertes, chicas, no dejéis que os destruyan!

Y observando en la pantalla esa página abandonada durante demasiado tiempo, mis párpados se cierran, increíblemente pesados. Tengo que encontrar un modo de acallar las voces susurrantes de la cocina, que me invitan a refugiarme en el chocolate, las patatas fritas y las pastas de té... Tengo que resistir.

375 calorías

Según algunas culturas asiáticas y americanas, el tatuaje tiene un sentido social. Cuando impregnas tu piel con la tinta, marcándote para siempre, logras establecer tu estatus, mostrándole al mundo quién eres. Los tatuajes, por regla general, son imborrables, y por eso me fascinan tanto. Si tienes algún mensaje que transmitir, no lo lances en una botella al mar; escríbelo en las capas más profundas de tu piel, de donde no escapará nunca.

Salgo de casa mientras Blanca duerme, fingiendo que tengo clase a primera hora en lugar de por la tarde. Dios bendiga a quien instauró el plan Bolonia y las clases expositivas e interactivas; y Dios bendiga los horarios de mañana y tarde de mi facultad.

He dejado restos de unos cereales que no he comido sobre la mesa, junto a la piel de un plátano que he escondido en lo más hondo de la basura.

Hoy voy sin bicicleta porque llevo una bolsita de té rojo

entre mis manos, dejando que tiña el agua hirviendo de un vaso de plástico, restos de la acampada que Blanca organizó para celebrar su cumpleaños número veintiuno. Yo no asistí; estaba demasiado ocupada dejando que me alimentasen con un embudo cargado de grasa.

Mientras camino por las calzadas de piedra, me palpo el bolsillo derecho de mis vaqueros de la talla 34. Todavía llevo los cien euros que me regalaron los abuelos por Navidad.

Lo tengo todo en mi cabeza. Me tatuaré en la muñeca –justo encima de mis cicatrices– *Fire cannot kill a dragon* («El fuego no puede matar a un dragón») en letras cursivas muy pequeñas. Así daré tregua a las voces de mi cabeza; solo tendré que leer, y nadie sospechará de una cita de *Juego de tronos*, especialmente ahora que ya han estrenado la serie en televisión. Vaya gracia, ni siquiera pasé de las diez primeras páginas del libro, pero Néstor escribió la frase con un rotulador indeleble en sus Converse negras y me gustó. Las verdades a veces son bonitas. Nadie volverá a hacerme daño.

El té antioxidante se escabulle por las paredes de mi esófago, tiñendo mis labios y mis entrañas de rojo. Sonrío, apoyándome contra el escaparate de la tienda de tatuajes, y cierro los ojos. Después de tanto tiempo, vuelvo a sentirme ligera y, con el primer soplo de viento, volaré, alzándome como una bolsa de plástico más allá de los tejados de las casas, bordeando la Torre del Reloj de la Catedral y construyéndome una casita etérea entre las nubes. Ni la doctora Castañeda ni la doctora Robles podrán llegar allí, por mucho que salten, porque sus pies estarán pegados al pavimento por el grasiento aceite con el que rocían sus cenas saludables e hipercalóricas. Nadie podrá visitarme en el cielo, nadie me obligará a comer, nadie intentará curarme y yo, al fin, seré feliz.

El calor del vaso vacío traspasa los gruesos guantes de cachemira y me achicharra los dedos, recordándome que estoy viva. Con un suspiro lo dejo caer en el contenedor amarillo del reciclaje (Victoria es una chica buena que cuida nuestro medio ambiente; ¿por qué no os sentís orgullosos de ella?) y me quito los guantes, guardándolos en el interior de mi abrigo de piel sintética (¡Victoria, hija, espero que no hayan asesinado a ningún pobre animal para que tú puedas ir guapa este invierno!).

Cojo mi tarjeta universitaria (15 % de descuento en tatuajes) y empujo la puerta acristalada con las manos, dejando que la barra metálica me las congele. Doy un par de pasos confiados por la moqueta suave del suelo y dos chicos jóvenes se vuelven ante mi presencia. Uno, detrás del mostrador, tiene más de quince tatuajes sobre su cuerpo musculoso, una cresta teñida de naranja Cheetos y una cadena que une el *piercing* de su nariz con el de su oreja; el otro, rigurosamente vestido de negro, lleva el pelo castaño apartado hacia atrás. Sus ojos verdes, como los de una cobra, recorren mi rostro insistentemente. Lleva un *piercing* en la nariz y dos más bajo el labio –como la picadura de una serpiente–, que brillan bajo la cegadora luz azul de los fluorescentes. En mi cerebro colisionan imágenes de revistas *Rolling Stone* y miradas desconcertadas. Mi corazón, que late a trescientas pulsaciones por minuto, se detiene en lo que dura un parpadeo. La sangre, que fluía como la lava, se congela en mis venas.

Es.

Ese.

Chico.

El tatuador apoya los brazos, cubiertos por un agujereado jersey gris, sobre el mostrador, tapando inconscientemente algunos de sus diseños. El té mágico adelgazante forma un torbellino en mis tripas, arrasando con todo a su paso.

—¿Puedo ayudarte en algo, preciosa?

Cristian abre la boca, de la que sale un vaho invisible que invade la estancia en un microsegundo. Me doy la vuelta al compás de los sonidos de mi interior, alejándome más allá de la incomprensión y del miedo. El mundo no es un lugar seguro.

Fuera ha empezado a llover. Finas gotas de lluvia, como colgantes de piedras preciosas, chorrean por mi pelo liso, rodean mis muñecas marcadas, empapan las gruesas capas de mi ropa de invierno.

Corro más allá del contenedor donde descansan los restos de mi té rojo, doblo en la esquina y, cuando estoy a punto de echar el vuelo, siento como si una sábana blanca cubriera mis ojos. Los gritos y las risas de los transeúntes desaparecen; su lugar lo ocupa un zumbido incesante, como un enorme moscón revoloteando sobre los lóbulos de mis orejas.

Alguien me coge de la mano, acariciando las heridas abultadas que desdibujan mis venas, de un mágico color azul.

–¿Todo bien? –susurra una voz rasgada, como la de un cantante *grunge*. Un escalofrío recorre mis pantorrillas. «Claro que no, nada va bien, nada, nada, nada.» No puedo desmayarme aquí. No puedo desmayarme ahora. Tengo que ser fuerte–. Eh... ¿Victoria?

Un soplo de viento frío hace que me dé la vuelta. Los ojos de la cobra me escudriñan más allá de mis pupilas, bucean en mi interior mientras un par de mejillas hundidas se tiñen del color de las cerezas.

Boqueo sin decir nada, dejando que mis dedos se deslicen entre los suyos –rugosos– hasta que nos separamos definitivamente. Los segundos se congelan mientras caen, como copos de nieve, sobre mis hombros y los suyos. ¿Qué estamos haciendo aquí?

–Spikey me ha dicho que preguntaste por mí –afirma con cuidado, escogiendo cada palabra meticulosamente para no romperme. Estirando un brazo tatuado, me arrastra hacia la parada del autobús, obligándome a sentarme.

No quiero estar aquí. No quiero estar aquí. No quiero estar aquí. Tengo clase esta tarde y no hay nada que desee más que esconder la cabeza entre mis apuntes de Literatura Norteamericana y quedarme dormida, soñar con castillos a distancias imposibles.

–¿Spikey?

Mis labios no me obedecen y se mueven sistemáticamente, como si la Bruja del Oeste estuviese moviendo los hilos atados a mis extremidades, como una ridícula novia de Pinocho.

–El camarero del D. F. –explica, subiendo unas cejas temblorosas. Sus iris verde hielo se posan sobre mis ojos, luego sobre mis muñecas, luego sobre mis ojos otra vez–. Lo llamamos así por el pelo. –Con sus dedos imita el peinado en complicados pinchos del muchacho–. Ya sabes, *spike* significa «punta» en inglés.

–Y a ti te llaman Kenji –apunto, mordiéndome el labio inferior. El té desaparece por los poros de mi piel, escurriéndose como un reptil delgado y huidizo. Un par de niños con mochilas de ruedas de brillantes colores cruzan la calle, mirándonos con curiosidad.

–Sí, por los tatuajes –asiente, esbozando una sonrisa. Tiene los incisivos ligeramente separados–. Son diseños japoneses, como los de la mafia. –Se sube la manga con un movimiento rápido, mostrándome una boa enroscada alrededor de su bíceps, trepando hacia su hombro. Pequeñas rosas rojas delinean su contorno ondulante–. ¿Ves? Las serpientes tienen una connotación negativa en Asia, pero las flores –las acaricia suavemente con las yemas. El bus pasa, y ni él ni yo subimos– simbolizan la armonía y la belleza. Como yo, que parezco un delincuente juvenil pero en el fondo no soy mal chico.

Sus orejas cambian del beige al rosa en un segundo, al pronunciar las palabras «delincuente juvenil». Suspiro. Tengo diecinueve años y estoy hablando con un chico. No voy a pensar en la sangre que bajaba caliente por mi antebrazo, ni en la navaja de cachas de azabache, ni en la habitación blanca en la que desperté. Solo soy una chica y él es solo un chico.

–Entonces, ¿Kenji significa serpiente en japonés?

De la boca pequeña de Cristian se desliza, casi pidiendo permiso, una risa seca y discreta que nos abraza. Solo una chica... solo un chico... no pienses en nada más.

–Qué va. –Se encoge de hombros, arrugando su sudadera de Guns N' Roses–. Nadie sabe lo que significa. Sencillamente, era el único nombre japonés que Spikey conocía.

Arqueo una ceja, en un intento fallido de reproducir un gesto divertido. Ha pasado tanto tiempo que ya no sé cómo se trata a las personas, cómo se habla con alguien de mi edad, cómo se interpretan los gestos y las frases. Soy una vieja de noventa años que se ha olvidado de crecer y envejecer, fui dama de honor en la boda de Isabel II y no lo recuerdo.

–Vaya, un par de camareros políglotos –bromeo–. El Dragón Fe sí que tiene estilo.

Los labios del chico se curvan, formando dos hoyuelos bajo sus pómulos de duende. Tiene una cicatriz en forma de flecha en uno de ellos.

–Pero no es solo por el tatuaje, ¿eh? –añade, dando vueltas a su mechero sobre el asiento metálico de la parada del autobús. Mis vaqueros son demasiado finos y el agua y el frío se cuelan a través de ellos, poniéndome la piel de gallina. Necesito té. Necesito té. Necesito té. Necesito no comer–. Spikey dice que soy un poco como los japoneses. Tan distante, ya sabes.

–Yo no creo que seas distante –confieso, notando cómo hierve la carne que rodea mi nariz–. Quiero decir, una persona distante no secuestraría a otra por las buenas, ¿no crees? Todo le traería un poco sin cuidado.

Él ladea la cabeza, guardando el encendedor. Un par de mechones castaños, movidos por el furioso viento, caen sobre sus pestañas negras.

—Abordarte en plena calle, diría yo —me corrige—. Es que… me preocupabas. —Baja la voz inconscientemente, como si lo avergonzase reconocerlo. Las marcas rosadas de sus orejas se extienden hacia su rostro, sobre las pecas que cubren su nariz—. Me han contado que has estado hospitalizada y… bueno, la verdad es que no tienes muy buen aspecto. Estás pálida.

Victoria, estás muy pálida, ¿tú estás segura de que comes bien todos los días? ¡Victoria, qué mal aspecto! Termínate esa magdalena, anda. Victoria, ¿me estás oyendo? Has vuelto a bajar de peso; estás quinientos gramos por debajo de lo que necesitas. ¡Victoria, estás *enferma*!

Parpadeo muy rápidamente, alejando todas las voces quejumbrosas de mi cabeza.

—Soy pálida —suelto—. En verano, en la playa, me pongo a brillar como los vampiros de esa película para adolescentes. En serio. Es por la sangre celta de mi madre.

Kenji aprieta los puños en el interior de los bolsillos de sus tejanos, de los que sobresalen un par de auriculares.

—Oye… eh… quizá no debería decirte esto —balbucea, con la vista clavada en sus sucias zapatillas de deporte—, pero sé lo que se siente cuando cruzas la línea roja. —Su voz se vuelve profunda. Involuntariamente me inclino hacia él, oliendo su aroma a jabón y cigarrillos—. Cuando intentas suicidarte.

La respuesta sale de mis entrañas atropelladamente. Otro bus se acerca y lo dejamos pasar, aspirando el denso humo gris del tubo de escape.

—Yo no he intentado suicidarme.

Cruza y descruza los tobillos, moviendo el cuello de arriba abajo. Parece un muñeco al que le hayan dado muy poca cuerda.

—También sé lo que se siente cuando no intentas suicidarte —murmura tan delicadamente que su voz casi se pierde entre la lluvia.

Con dos dedos separa de nuevo la manga de su sudadera y pega su brazo al mío. El abrigo impide que sienta el calor de su piel. A cámara lenta, Kenji gira el miembro, enseñándome su cara interna. Abro los ojos. Cruces y hélices y líneas paralelas recorren sus venas desde la muñeca hasta el codo. Algunas están hinchadas y rojas; otras, casi curadas, se confunden con su piel dorada.

—Sé que es complicado. —Suspira, apartándose el cabello de la cara con un movimiento de cabeza—. Así que espero que estés bien.

No estoy bien. No estoy bien. No estoy bien. No estoy para nada bien y ni mi madre, ni mi padre, ni mi hermana, ni Néstor, ni tan siquiera la doctora Robles pueden comprenderlo. Me piden que piense en positivo y que destruya las ideas de odio, pero en mi mente solo hay lugar para contar calorías y estoy harta y aun con todo eso necesito adelgazar. No estoy bien.

—Perfectamente —digo, cubriéndome el rostro con mi máscara de la fría dama del hielo. Quizá eso fue lo que alejó a Marcos de mí; quizá no estaba preparado para amar a un ángel de nieve.

Kenji comprueba la hora en su reloj, un anticuado modelo de Casio, y se levanta, apoyando las manos en las rodillas.

–Bueno, yo entro a trabajar en treinta minutos. Podemos seguir hablando en el D. F., si quieres. En realidad, soy pinche de cocina y a estas horas no tengo demasiado que hacer.

–Lo siento, tengo que ir a clase –miento.

Tengo que comerme mi manzana inmediatamente porque siento que voy a desfallecer. Después subiré y bajaré las escaleras de la facultad hasta que mis pantorrillas echen humo.

–De acuerdo. –Parece decepcionado–. Cuídate, anda. No dejes que todo te desborde.

Ambos nos damos la vuelta y caminamos, despidiéndonos con un par de sonrisas petrificadas. Por mi cerebro se cruzan como balas recuerdos y propósitos; riñas y exclamaciones.

«Deberíamos darnos un tiempo», «El momento de conocer a otros tíos», «Cuando cruzas la línea roja»... «Deberíamos darnos un tiempo», «El momento de conocer a otros tíos», «Cuando cruzas la línea roja»...

Mi espina dorsal me da un latigazo, dejándome inmóvil entre los escaparates de las tiendas y las luces de la calle, aún encendidas para contrarrestar con el cielo plomizo.

–¡Eh, Kenji! –grita una chica que se parece a mí, robándome la voz–. Podemos quedar luego, después de cenar. ¿Qué te parece?

Entorna la mirada, dejando que en sus labios se deslice una mueca similar a una sonrisa.

–Claro, a las once salgo del curro. ¿Dónde quieres que te recoja?

–¡No te preocupes! –exclama la falsa Victoria–, ya me paso yo por el Dragón.

Y se va, desapareciendo junto a mi voz. Echo a andar en dirección contraria, sintiendo cómo las cruces de su brazo abren la cámara secreta de mis pulmones, permitiéndome respirar. Somos un par de trenes en marcha que todavía no han aprendido a frenar.

Camino en medio de una nube de rostros difuminados, entre voces de ultratumba que susurran títulos de novelas de escritores muertos y enterrados mucho antes de mi nacimiento. Dejo caer un bolso demasiado pesado al suelo, emitiendo un crujido sordo, y me siento entre dos corpúsculos de grasa y juventud. Desde algún rincón abandonado de la estancia huelo a galletitas saladas y snacks con sabor a queso. Mi estómago se rebela, buscando un lugar en el que refugiarse.

–La mayor aportación de la generación perdida fue…

Dibujo flores, estrellas y corazones en el separador verde de mi fichero. Mi cabeza, que lo recoge todo con demasiada intensidad, da vueltas como una noria, amenazando con estallar de un momento a otro, repartiendo sesos y malos pensamientos entre mis compañeros.

–Ernest Hemingway, con su obra…

No me interesa Ernest Hemingway, ni la generación perdida, ni toda la historia de la literatura norteamericana. Me traen sin cuidado las fechas, los lugares y las novelas cumbre del siglo XX. Ahora, en este preciso momento, solo puedo concentrarme en las cruces hinchadas del antebrazo de Kenji –que parecen querer abrazarme desde las sombras–, en la manzana verde que rueda en el interior de mi bolso –pidiéndome por favor que me la coma– y en la mirada sombría de Blanca cuando le cuente que cenaré fuera, mientras me guardo una viscosa lata de atún en los bolsillos de mi abrigo. Eso, junto con la grasa sofocante que recorre mis venas, es todo lo que fluye por mi cuerpo.

–Eh, Victoria –murmura la chica gordita que está a mi lado, haciendo tintinear las pulseras doradas que cubren su muñeca izquierda (no cicatrices ni heridas supurantes, solo pulseras). Su aliento está impregnado del aroma de los Doritos–, los de clase estamos planeando ir de copas al irlandés del centro, ¿te apuntas?

Leprechauns pelirrojos danzan sobre mi pupitre, chillándome que acepte y sugiera ir antes a un buffet libre, a un restaurante chino y a la pastelería más cercana. Los aparto de un manotazo.

–Ya he hecho planes –musito. Por primera vez es verdad.

–Oh, vaya. –Lee su guión secreto, escrito con zumo de limón en las palmas de sus manos, dejando que el ácido traspase las capas de su piel, su carne, su hueso y su músculo y se cuele a través de la madera de la mesa, quemando nuestros pies.

–*Adiós a las armas*, publicada en 1929, está basada en las experiencias de Hemingway como voluntario en el frente italiano en…

La voz de mi profesora y la de la niña Doritos se entremezclan en un dueto armonioso, como si se tratasen de un par de gemelas idénticas cantando al unísono.

–Tal vez otro día –miento. Para mí no hay otros días, ni futuros brillantes, ni planes que hagan latir mi corazón. Para mí solo hay calorías, días vacíos que llenar con cifras cada vez más pequeñas, kilos que erradicar antes de que se conviertan en chapapote dentro de mi cuerpo, envenenándome y ahogándome.

–Hemingway, que también participó en la guerra civil española, publicó más adelante…

–Oye –la chica Doritos se muerde el labio inferior, jugueteando con su portaminas, regalo publicitario de una clínica dental–, he oído que has estado hospitalizada… ¿Es cierto que has tenido un tumor?

Tumor… tumor… tumor… La palabra resuena en mi cabeza con mil matices, con mil tonos diferentes.

–Quiero decir… es algo que he oído. –Se aparta un mechón ondulado de los ojos, enroscándoselo en un dedo tembloroso. La gente no sabe hablar conmigo; me tienen miedo–. ¿Estás bien? ¿Recuperada? A ver, no soy una cotilla ni nada por el estilo. En clase hemos estado preocupados por ti.

–Sí… el tumor, bien… sí.

A nadie le gusta admitir que tiene anorexia porque, a partir del instante en que lo haces, dejas de ser una persona. Te conviertes en un número en una lista, en un caso perdido, en una loca que juega a coser alambres de espino sobre sus costillas. Todos te miran y dicen: «¡Come!», sin saber que lo que te piden es tomar la decisión más difícil de tu vida. La anorexia es una enfermedad egoísta y, aunque es una vergüenza tenerla, a veces me gusta. A veces consigue que me sienta fuerte porque soy capaz de hacer cosas que los demás no pueden. Adelgazar es mi talento más arraigado.

Abro el buscador de Internet en mi móvil, escondido bajo los barrotes metálicos de la mesa. Con gestos mecánicos, tecleo *Fragile snowflake* y pincho sobre el enlace de color morado. Los colores rosas de mi blog y la tipografía pequeña y blanca tardan doce segundos en cargar. Píxel a píxel, se dibujan mis fotografías de los últimos seis años, mi barriga inflándose y desinflándose como un globo de helio, mi pelo rubio enmarcando una sonrisa hermética e insegura.

Publicar nueva entrada.

Un click. Solo seis palabras. Un millón de lágrimas, redondas como monedas, que se asoman a las ventanas de mis párpados sin llegar a salir.

Por **coco** Lun 7 Ene, 2013 12:06 pm
Es tan difícil fingir estar bien…

—¿Tampoco cenas en casa?

La voz de Blanca, ligeramente tensa, se mezcla con el afilado cuchillo con el que trocea las verduras para hacer un sofrito. El pimiento verde, que brilla con intensidad, parece de plástico; el tomate se deshace en la hoja metálica, dejando un reguero de pulpa rosada; el olor de la cebolla revolotea hasta mis pupilas, cubriéndolas de lágrimas saladas.

Soy fuerte. Soy fuerte. Soy fuerte. Soy fuerte. No voy a comer.

—He quedado con unos compañeros de la facultad —recito mis líneas con inexpresividad, sentándome de cara a la pared. No quiero ver cómo mi hermana vierte el veneno sobre el aceite de oliva, cómo lo revuelve con su cuchara de palo, cómo lo prueba con delicadeza, intentando no quemarse–. Vamos a tomar algo por ahí y luego a un irlandés, de copas.

A Blanca no puedo hablarle de Kenji o de las aspas que recorren su brazo. Si lo hiciera, seguramente su sexto sentido de psicóloga me daría un diagnóstico (la recaída, el morbo) y un tratamiento (aumentar las horas de consulta con la doctora Robles), y todo volvería a empezar.

Doctora Robles: ¿Qué sientes al comer, Victoria?

Victoria: Ansiedad.

Doctora Robles, cruzando las piernas: ¿Por qué?

Victoria, poniendo los ojos en blanco: No quiero engordar…

Una y otra vez girando sobre un mismo eje, como en un tiovivo, hasta que el continuo movimiento devuelva la comida de mi cuerpo, creando un charco alargado de obligaciones y gritos.

–¿Y qué vais a pedir?

Chisss. Chisss. Chisss. Las verduras, muy lentamente, se fríen sobre la sartén mágica que no se pega de mi hermana. Me tapo los oídos con los auriculares de mi iPod, buscando la canción más ruidosa de mi lista de reproducción.

–Qué sé yo. –La mirada de rayos X de Blanca me recorre de la cabeza a los pies. Rectifico, suspirando–. Supongo que tomaremos unas pizzas o algo así. Hemos quedado en la Plaza Roja.

Alguien llama a la puerta. Será Néstor, que, como tantas noches, no encuentra un lugar mejor donde cenar caliente. Dejando la cuchara a un lado, Blanca se ahueca el pelo con una mano, dirigiéndose a la puerta con un par de pasos apurados, casi sin tocar el suelo.

–Vigila las verduras, ¿quieres?

«No. No lo hagas. Finge que no la has escuchado. Concéntrate en Simple Plan.»

–Claro.

Aprieto los dientes mientras me acerco al fuego azulado de la cocina, recogiendo la cuchara de palo, removiendo la masa informe y multicolor bañada en un aceite dorado y viscoso. Los olores, sabrosísimos, danzan en círculos concéntricos, introduciéndose en mi nariz y en mi boca.

«Delgada... delgada... esquelética.»

–Pasa, Néstor.

Con un movimiento mecánico, alargo el brazo y cojo una lata de atún de la despensa. Mientras mi hermana y su novio se besan en el rellano, me la guardo en los bolsillos de la bata. Los sabores que no probaré, como una quimera, me atacan, gritándome que me lo merezco, que puedo probar treinta calorías de pimiento. Cierro los ojos. Ojalá la comida no pudiera hablarme.

En el ascensor hace calor mientras abro la lata y, muy suavemente, introduzco el pescado en mi garganta. La espesa grasa desciende por mis paredes rojas, describiendo líneas curvas y elipsis, marcándole al alimento el camino que debe seguir para llegar a mi estómago. Cuando termino, mis labios brillan como si me los hubiera maquillado. Llevo los ojos pintados, un vestido corto negro y un par de pendientes de plata, como una chica normal. Quien me encuentre por la calle no podrá ver el sufrimiento almacenado detrás de mis iris.

En el camino al Dragón Fe, me meto un caramelo de menta en la boca. Los caramelos de menta no engordan, no contienen calorías; son mi premio, mi estrellita brillante pegada en mitad de la frente porque soy una buena chica, porque soy fuerte, porque no podrán doblegarme.

Del bar sale una música estruendosa con chillidos y solos de guitarra. Encaramándome a la pared revestida de negro, echo un vistazo al interior. Excepto dos muchachos con el cabello castaño muy corto y chupas de cuero tachonadas, no hay más clientes.

«Solo una chica. Solo un chico.»

Entro arrastrando los talones, repitiendo mentalmente la lista de los reyes godos para evitar pensar en los retortijones de mis tripas, bailando y saltando en su aquelarre.

Como si alguien hubiese apuntado directamente sobre mí con un foco, las personas de la estancia clavan sus ojos sobre mi cuerpo, arqueando las cejas, preguntándose cómo decirme que me he equivocado de lugar. Compruebo mi reloj de pulsera muy disimuladamente. Son las once menos diez.

Spikey, sirviéndoles dos combinados a sus clientes, es el primero en abrir la boca.

—¡Va a ser verdad que eres la novia de Kenji!

—Eh... —musito. Mis pies quieren irse, mi cerebro quiere irse, mis mejillas encendidas necesitan irse. Permanezco varada, como una enorme ballena, sobre el sucio suelo, tratando de recordar cómo se habla en castellano.

Una chica con índice de masa corporal superior a 25 (exceso de peso, principios de obesidad) se acerca a mí, invitándome a sentarme frente a la barra. Su pelo, largo y liso, está teñido de rubio y violeta. En su camiseta desteñida, demasiado apretada, puedo leer las palabras *Going wild*.

–Tu amado saldrá en un minuto –dice, depositando una bandeja a mi lado. Spikey me guiña el ojo mientras limpia una enorme jarra de cerveza con un escudo de armas impreso en el centro–. ¿Quieres tomar algo? Invita la casa.

–Bueno…

Hago rápidos cálculos mentales, dibujando ochos sobre la barra húmeda y polvorienta. No sé si me lo merezco, pero mi mente grita «¡Sí!» y mi esófago «¡Sí!» y mis entrañas «¡Por favor!».

–¿Un Bobby Burns? –sugiere. En su lengua, un *piercing* metálico se ilumina bajo las tenues bombillas que cuelgan del techo, puntualizando cada sílaba que pronuncia–. Es lo que están tomando esos dos tunantes de ahí. –Señala a los dos muchachos, que brindan entre risas e hipidos, con rostros bonachones al estilo de Hank Williams. Digo que sí muy suavemente.

El whisky caoba y el vermut escarlata se funden en un mismo líquido, teñido del pálido color rosado de los pomelos. La camarera –Rosa, según he oído decir a Spikey– vierte con cuidado el zumo de limón antes de entregarme la bebida, servida en una copa de cóctel.

Lo bebo en dos tragos, aniquilando los pensamientos asfixiantes, el hambre y los petardos explosivos que corroen mi intestino.

–Me alegro de que ya estés mejor, ¿eh? –barbota Rosa, subiéndole el volumen a una canción de Alice in Chains–. Te convertiste en una atracción turística durante un mes, ¿sabes? Venían un montón de borrachos a ver las manchas de sangre, y también bastantes críos que pensaban que te habían acuchillado en el baño. Llegó a correr una leyenda urbana que aseguraba que tu fantasma se aparecería si alguien permanecía en la habitación más de cinco minutos.

Sangre. Cuchillos. Destrucción.

«Deberíamos darnos un tiempo.»

Sangre. Cuchillos. Destrucción.

–Oye, Rosa –comienzo, tendiéndole un billete de veinte euros. Ella se da la vuelta con una expresión curiosa–. Ponme otro.

–¿Un Bobby Burns? –pregunta, alargando un brazo hasta coger la picadora de hielo. Asiento con un movimiento de cabeza.

Bebo, bebo y bebo hasta que los números que flotan en mi mente se diluyen, hasta que no siento miedo o dolor, hasta que me olvido de por qué he venido aquí. Y, finalmente, cuando Kenji aparece por el umbral de la puerta que da a la cocina, el reloj de pared marca las once y media.

–Siento haber tardado tanto –se disculpa, dejando caer un delantal granate sobre uno de los altos taburetes, con la piel del mullido asiento desgastada, dejando entrever la gomaespuma de su interior–. Había faena ahí dentro.

–¿En serio? –Spikey sonríe, pasándole una copa. Él la rechaza con las palmas de las manos extendidas, haciendo chocar las llaves de su bolsillo– ¿Qué ha pasado? ¿Te han vuelto a saltar los huevos? ¿Has prendido fuego al local y no nos hemos dado cuenta?

Parpadeo, intentando erguirme. Mis pies están dormidos y mis oídos acaban de pasar del mono al estéreo. Las luces de colores de la calle, que nos llegan a través de los amplios ventanales de la entrada, son demasiado brillantes; revolotean, como pequeñas luciérnagas.

–No, idiota –rezonga Kenji, cogiendo un anorak y una bufanda del perchero de la entrada, que emite un crujido agudo. Un latigazo recorre mis dientes–. Digamos que el lavavajillas y yo hemos tenido un pequeño encontronazo, ¿de acuerdo?

Las voces, las imágenes, los pensamientos se deslizan a mi alrededor a la velocidad del sonido, chocando en estallidos atómicos. Las sensaciones son demasiado intensas.

El chico levanta la vista y, en un solo instante, sus ojos verdes se cruzan con los míos, oscuros. Sus orejas, con parsimonia, se tiñen de carmesí.

–Bueno, supongo que no quieres quedarte toda la noche aquí, ¿no? –vaticina, arqueando una ceja.

El whisky forma burbujas en mi interior, abrasándome.

–No era lo que tenía en mente –confieso. Los dos amigos pagan sus cuentas y, tras echarnos un último vistazo, se van, dando un portazo que fractura mis vértebras. Crac. Crac. Crac. Crac.

Kenji da un par de pasos cuidadosos en mi dirección, procurando no romper la frágil porcelana de la que están hechos mis huesos. El jabón y los cigarrillos, convertidos en aceite y salchichas, se cuelan por los poros de mi piel y me producen retortijones.

—¿Y qué tenías en mente?

Rosa guarda dos billetes de diez y uno de cinco en la caja registradora, que se abre con un chirrido metálico. Me encojo de hombros, intentando aspirar las últimas gotas de mi perfume floral, atrapadas en el cuello de mi abrigo.

—No tengo ni idea —reconozco—. Cualquier cosa... lejos de aquí.

Lejos del lugar donde mis venas se abrieron, expulsando sangre rojo fresa sobre los azulejos; donde tú me encontraste, sin expectativas, de donde tú me sacaste; donde se esconden los fantasmas de cuatro palabras afiladas; donde se erigió un santuario en mi honor, enterrándome cuando aún estaba viva. Lejos.

Kenji sonríe, intercambiando una mirada muy significativa con Spikey.

—Entonces creo que he dado en el clavo —afirma, colocando el aro de unas llaves como un anillo alrededor de su pulgar derecho. Luego se dirige a los dos camareros; el uno demasiado curioso y la otra demasiado desinteresada—. Me llevo el coche de Grasa, por si me necesitáis.

Y salimos fuera, al frío, al bullicio, a la noche que nos envuelve como un manto azul cobalto. El viento gélido arroja polvo de nieve a nuestras caras. Chicos y chicas de nuestra edad caminan muy juntos por las estrechas avenidas de piedra, entre risas.

—¿Grasa? —pregunto, solo para comprobar que mi voz suena igual que siempre. Junto a mí, como en una noria, todo da vueltas. Arriba y abajo, los colores se mezclan y las formas se funden.

Kenji se acerca a un viejo Seat y lo abre colocando la gruesa llave en el contacto. Tiene que estirarse para quitar el seguro a la puerta del copiloto, atascada.

—Así es como llamamos al cocinero —aclara muy crípticamente—. Creo que no hace falta explicarlo.

El cocinero, claro. Índice de masa corporal: 35, quizá 40. Un cachalote.

—Los del Dragón Fe no os conformáis con nombres como José o Andrés, ¿eh? —bromeo, dejándome caer sobre el asiento, cubierto de migas de pan. Tragando saliva, clavo la mirada en la ventanilla escarchada y, distraídamente, dibujo cruces y hélices con el índice. No voy a pensar en la comida. No voy a pensar en las calorías. No voy a pensar en nada. Dejaré que el whisky y el vermut fluyan por mi torrente sanguíneo.

—Somos creativos —se limita a responder él, arrancando el motor.

El vehículo no huele a nada. Ni a fritos de maíz, ni a sándwiches barbacoa, ni a pizzas de *pepperoni*, ni siquiera a alcohol. Kenji no habla mientras conduce; mantiene la vista fija al frente, en el que gradualmente los edificios grisáceos de la ciudad se transforman en vegetación.

«Solo una chica. Solo un chico.»

Los neones de los últimos establecimientos, cada vez más dispersos, se reflejan en las lunas del Seat con capricho, reproduciéndose sobre las mangas de mi ropa. Clínica veterinaria: 20 % descuento. Mesón gallego. Jamonería. Parafarmacia: abierta 24 h. Videoclub: alquiler de películas y videojuegos.

—¿Vas a violarme y abandonarme en un descampado? —bromeo, cruzando y descruzando las piernas. El hielo del invierno puede colarse a través de mis medias tupidas, congelando los fluidos de mi cuerpo. Ojalá no estuviese tan cansada.

—No, gracias —afirma, encendiendo la radio con un movimiento fugaz. Suenan los Beatles. Siempre los Beatles, como aquella mañana tras abandonar la prisión de huesos de cristal—. Tu hermana me mataría, y pretendo aprovechar bien los sesenta años que mi esperanza de vida me promete. No te ofendas.

—¿Mi hermana? —me extraño, mientras los acordes de *Hey Jude* se pierden en medio de la atractiva calma que rodea el coche. Kenji no rebaja la presión de sus manos sobre el volante.

—He hablado con ella un par de veces —reconoce. El crujido de las hojas de los árboles suena como las voces enfadadas de mi cerebro, que me llaman estúpida por sentir el hambre, por desear comer incluso cuando estoy cerca de alcanzar la cifra perfecta—. Fue la que me contó que estuviste ingresada en el hospital. —Y, como si considerase incompleta su explicación, añade—: Es maja.

—Es una zorra —me sorprendo afirmando. Vagos recuerdos de ella y yo en mi cama (de noche, hablando en susurros) recorren mi cabeza como balas. Ya no queda nada de eso. Se ha esfumado, como todo lo demás.

—Hm... seguro que lo dices por, ¿cómo lo llamaría mi abuela? Ah, sí. Por su libertinaje. A mí me parece bien. A veces pienso que la gente debería tener más claro lo que quiere. Si su novio y ella son felices así, si no hacen daño a nadie, ¿qué problema hay?

Subimos una cuesta abrupta, en una carretera repleta de piedras, ramas secas y fragmentos de botellas rotas.

A punto estoy de decirle que no es tan sencillo, que no tengo tan claro que no se dañen, pero las palabras mueren en mis labios. De ellos renacen, como un fénix, otras que hubiese preferido no pronunciar.

—No me digas que os habéis acostado.

Suelta una carcajada. Parece que mi tono cansado lo divierte.

—Yo diría que no tienes a tu hermana en un pedestal, precisamente.

La vegetación se hace más espesa, más opresiva, a medida que avanzamos. Arriba, en lo alto, puede verse una clara luna amarillenta, rodeada de penumbras.

—Qué va, si no es eso. —Bajo la cabeza, hundiéndola en el pelo suave de mi abrigo—. Solo finjo que Blanca me preocupa para no pensar en que es ella la que cuida de mí.

Mis mejillas pasan del blanco al rojo en dos parpadeos. Casi puedo escuchar, como una sentencia lapidaria, la voz sosegada de la doctora Robles, evaluándome. «¿Te sientes frágil, Victoria? ¿Insegura, quizá? ¿Por qué no dejas que la gente cruce el muro que has creado a tu alrededor? ¿Por qué no dejas que cuiden de ti?» Si mamá no insistiese tanto en que acuda a sus citas, ya habríamos ahorrado lo suficiente para visitar más a menudo a papá. Para visitarlo una vez, al menos.

—Nadie acierta con la familia —se limita a afirmar él, deteniendo el coche sobre lo alto de una colina. Tardo más de quince segundos, los necesarios para desabrocharme el cinturón y salir, en darme cuenta de que estamos en la cima del Monte do Gozo, donde los peregrinos se fotografían con caras exhaustas, desde donde se ve toda la ciudad. Con la perspectiva que otorga la altura, Compostela parece un animal aletargado, que apaga sus bombillas descompasadamente.

–Oh, Dios –se me escapa. De mi boca sale una nube plateada que forma olas en el aire, justo antes de desvanecerse. Hace tanto frío que mis rodillas chocan contra sí mismas y el fino vello de mi espalda se eriza como el de un gato asustado. Pero se está bien. Muy bien.

–Sé lo que estás pensando. –Kenji sonríe, cogiendo una deshilachada manta del maletero. Una bola de alcanfor se desprende de ella, rodando por la hierba hasta mis pies, húmedos a pesar de las botas de agua y mis gruesos calcetines de lana–. Es jodidamente hermoso.

–¿Jodidamente hermoso? –repito. Los cientos de metros que nos separan del suelo capturan los sonidos de la calle, manteniéndolos alejados de nosotros. Solo se oye, muy tenuemente, el ulular de los búhos–. ¿Qué eres? ¿Un poeta del siglo XXI?

No me responde. Sencillamente, extiende la manta por el capó del vehículo y, apoyándose en una de las ruedas delanteras, se sienta sobre él, dejándose caer sobre el cristal de la ventana.

–Y esto… –continúo, sintiendo la necesidad de seguir hablando. Si no lo hago, me congelaré. O quizá olvide que estoy viva– es lo que tú entiendes por un lugar en el que hablar tranquilamente, ¿no?

–Deberías venir aquí –murmura, cubriéndose la parte izquierda del cuerpo con la manta. A su derecha, hay un espacio vacío reservado únicamente para mí.

«Solo una chica. Solo un chico.»

Me desenvuelvo con torpeza, tropezando en el tapacubos, y Kenji tiene que ayudarme a acostarme a su lado. Al cogerme la mano, su pulgar instintivamente se detiene sobre la cicatriz de mi muñeca.

No dice nada, únicamente me mira. Cogiendo aire y fuerzas, me enrosco en la manta, intentando eludir el fuerte olor a aceite y salchichas que desprende el chico. Me tapo la nariz y la boca. Tan solo tengo que concentrarme en el alcanfor.

–Grasa se la compró a un navajo que tocaba en Platerías –me explica, inusualmente cohibido. Nadie sabe cómo tratar conmigo. Soy dinamita y, de un momento a otro, estallaré en una nube de comida y vísceras–. Creo que lo timó. Cinco pavos por esto…

Las luces de la lejanía vuelan hasta mí, estallando como fuegos artificiales alrededor de mis pupilas. De pronto, paso del estéreo al mono; los contornos de mi mundo, muy lentamente, se desdibujan. Los tres Bobby Burns que me sirvió Rosa se convierten en un cóctel molotov en la boca de mi estómago. Y, a pesar del leve roce entre el cuerpo de Kenji y el mío, el frío me alcanza.

–Todavía no me has dicho qué estamos haciendo aquí –le recuerdo, jugando al póquer con mis náuseas. Él se encoge de hombros, desprendiendo cierto calorcillo que no dejo de aprovechar con gusto.

—Está bien… —suspira, ladeando la cabeza— pero ten en cuenta que es un secreto. Si se lo cuentas a alguien, te mataré.

—Creo que sabré atenerme a las consecuencias —musito.

«Solo una chica. Solo un chico.»

—Me gustan las estrellas —afirma, clavando sus ojos de cobra en la inmensidad del universo que, desde su distancia prudencial, parece reírse de los pequeños problemas de la humanidad—. Venir aquí me relaja. Además —se acomoda, colocando su codo muy cerca de mi brazo. No pienses en la sartén, friendo las salchichas Frankfurt muy lentamente. Solo piensa en el alcanfor; piensa en los armarios de la casa de tu abuela—, esta noche hay lluvia de meteoros. —Carraspea—. A ver, técnicamente las Cuadrántidas caen del uno al seis, pero no hay que hacerles caso a las fechas. Quizá tengamos suerte.

Alzo la vista, en medio de un silencio en el que uno podría deslizarse. Como cerillas, todas encendidas al mismo tiempo, las estrellas blancas brillan sobre nosotros, tintineando con orgullo, como si quisiesen presumir de su belleza.

—Claro —bromeo con tranquilidad—. Esto es un secreto y no lo de tus brazos. Muy divertido. Estás intentando ligar conmigo, ¿verdad? Seguro que has hecho una apuesta con uno de esos borrachos, a ver si eres capaz de llevarte al huerto a esa pobre chica que se cortó las venas en el baño del Dragón. Rematadamente divertido…

El viento gélido del norte corta hasta el ulular de los búhos y el crujido de las hojas, dividiendo la escena, como lonchas de jamón, en pantallas superpuestas sin ningún tipo de relación entre ellas. A un lado estoy yo, tratando de coger todas mis posibilidades y barajarlas en un mismo naipe; junto a mí, Kenji, abrazando sus rodillas con inseguridad; más allá de él o de mí, la fraga, con sus sombras danzarinas y azuladas.

–No es algo de lo que me sienta orgulloso –dice él, apretando los dientes. No especifica a qué, pero sé que se refiere a sus heridas–, ni de lo que hable con todo el mundo. –Inspira–. Hacía mucho tiempo que no veía a alguien cortarse como me corto yo; mucho tiempo desde que no veía la sangre saliendo de las muñecas de otra persona, como sale de las mías. –Se muerde la cara interna de las mejillas, pestañeando. Mis pensamientos se autodestruyen en mis neuronas–. Yo... cuando te vi ese día, en el suelo teñido de rojo, no supe qué hacer. Pensé en dejarte ahí, esperar a que alguien más te encontrara, pero tuve miedo. Porque me di cuenta de las posibles consecuencias que tarde o temprano...

No deja de hablar. Su voz, sencillamente, se pierde en medio de la negrura y la desesperación.

–No me acuerdo de nada –confieso. Él, por primera vez, me devuelve la mirada.

–Estabas inconsciente.

–Ya... supongo que perdí el control.

No me contesta. Sus hombros ascienden y descienden, imitando el compulsivo movimiento abajo y arriba de sus pupilas, dilatadas debido a la oscuridad. Cinco palabras –hasta ahora escondidas detrás de mis dientes herméticos– bailan más allá de mi boca.

–¿Tú por qué te cortas?

Vuelve a mirarme, abriendo mucho los párpados. Sus pestañas chocan contra su piel dorada, acercándose al lugar donde crecen sus cejas espesas. Alguien debería coger un arma de repetición y dispararme tres, cuatro, cinco veces. O tal vez yo debería aprender a respetar los silencios.

—Ya sabes... —la cobra me vigila atentamente— la vida. A veces el dolor es tan profundo que creo que podré sacarlo de mi interior a través de mis heridas, lo que dice bastante de mi inteligencia. Ojalá pudiera parar, pero es imposible. Si lo hiciera, acabaría matándome o algo por el estilo. —Como esta misma mañana en la parada del autobús, coge su mechero y lo gira sobre sus rodillas flexionadas—. O quizá cogería el coche de Grasa, robaría todo el dinero de la caja registradora y me largaría a Hungría.

Sus dedos reptan por la manta del navajo y, con suma delicadeza, se introducen dentro de mi abrigo. Toca mis heridas con sus yemas, siguiendo el curso marcado por la navaja hace ya tantos días.

—¿Y tú por qué? —pregunta.

Porque sí. Porque me odio profundamente. Porque en mi casa recibo muchas palabras de ánimo, pero ninguna de las respuestas que necesito. Porque la gente huye patológicamente de mí. Porque estoy gordísima y nadie más que yo parece verlo. Porque mis lágrimas ya están secas. Porque es el único modo que tengo de dejar de sufrir. Porque necesito castigarme desesperadamente. Porque quieren alimentarme como si fuera ganado. Porque estoy atrapada dentro de un cuerpo que solo me provoca asco. Porque no merezco vivir así.

—La vida. Solo la vida.

Esbozando una sonrisa, se separa muy despacio de mí. El cielo, allá arriba, es atravesado por un delgado haz de luz que parece confundirse con los azules y los violetas de la noche. Sonrío. Después de tanto tiempo durmiendo bajo un techo blanco, sin manchas de pintura ni goteras, había olvidado lo bonitas que podían llegar a ser las estrellas fugaces.

—Eh, Kenji. —Le doy un codazo a la altura de las caderas. Nunca lo llamaré Cristian. Cristian es el chico que me salvó. Kenji es el chico con el que miro las estrellas—. ¿Ves esa constelación?

Señalo a lo alto, a un nutrido grupo de astros incandescentes.

—Sí, claro.

—Hace un par de veranos —comienzo, dejando de pestañear—, cuando era pequeña e iba a campamentos de verano, practicaba natación con otras chicas. Una noche hicimos un pacto. Cada una de nosotras se convirtió en una de las estrellas de la constelación.

—¿Y tú cuál eras? —inquiere, apretando mi mano.

—Esa. —Le indico una colocada en el centro de la parte superior.

Kenji inspira y, por el rabillo del ojo, lo observo. En su rostro, teñido del pálido plateado de la luna, sus labios finos se curvan con socarronería.

—Sirius, ¿eh? Debí habérmelo imaginado.

Bajo las cejas, dejando que dos pequeñas arrugas se formen en mi frente.

—¿El qué?

–Estás mintiendo –afirma. Se me escapa una risa irónica. Ojalá realmente hubiese habido campamentos de verano y amigas con inclinaciones hacia la astrofísica.

–¿Cómo…?

–El cielo en verano. Es diferente al invernal, ¿sabes? La constelación del can mayor deja de verse en marzo.

–Cierto –admito. Él echa su cuello hacia atrás, abultando la nuez en el centro de la garganta. Vuelvo a concentrarme en el universo omnipresente, en el que tan pocas veces he reparado hasta ahora.

«Solo una chica. Solo un chico.»

Me fijo en que las estrellas, al igual que las personas, sienten esa imperiosa necesidad de juntarse las unas con las otras. Forman cúmulos imperfectos, recorren el firmamento en galaxias gigantescas. Porque tienen miedo a estar solas.

–Estaría bien viajar allá arriba alguna vez. –Suspiro, mordiéndome el labio inferior. Kenji se da la vuelta y me escudriña con los párpados bajados. Los combinados forman una cascada que baja en zigzag por mis tripas–. Y no volver nunca. Quedarme ahí, en el silencio.

Los ojos de la cobra descienden hasta mis labios cortados. En el espacio entre el cuerpo de Kenji y el mío flota un beso que me da miedo, porque no sé cómo actuar. No sé lo que quiero ni cómo conseguirlo, y él es un absoluto misterio para mí.

–¿Sabes que ahora se venden estrellas para la gente a la que le sobra el dinero? –comenta. Sus mejillas se tiñen de bermellón–. Solo tienes que entrar en Internet, gastarte…

cien pavos, pongamos, y elegir la que más te guste. Como si pudiesen pertenecer a alguien. O como si tú pudieses hacer algo con esa estrella.

Su mano no suelta la mía. El beso invisible crece y crece, mezclándose con las voces de odio de mi cerebro.

«Delgada, delgada… esquelética.» «Demasiado estúpida para ser querida.» «Atrévete e inclínate hacia él.» «No eres normal.» «Marcos huyó de ti.»

«Solo una chica. Solo un chico.»

Ojalá tuviese la facultad de cerrar mis oídos a mis propios pensamientos.

–Si eres lo suficientemente ingenuo para pensar que puedes poseer una estrella, a lo mejor también lo eres para creer que puedes viajar hasta ella –dudo, sintiendo mis costillas cerrarse sobre mis pulmones, impidiendo la entrada o la salida de aire.

Kenji no separa sus ojos de mí. Sus dedos callosos, curtidos por el trabajo, recorren con precisión las líneas que dividen mis venas azules.

–Para eso se necesitaría mucho, mucho dinero –puntualiza él–. No sé, quizá haya suficiente en la caja registradora. –Arquea una ceja, sonriendo–. Sería una buena alternativa a lo de Hungría, ¿eh? Unos cuantos arreglillos al coche de Grasa, una buena bomba de oxígeno, unas patatas fritas para el viaje –no pienses en el sonido que produce el paquete al abrirse; no pienses en su delicioso olor a jamón serrano. Tú eres diferente. Tú eres perfecta. Delgada y perfecta– y listo… rumbo a Sirius a la velocidad del sonido. ¿Qué te parece?

Que solo he cenado una lata de atún. Que el efecto de los Bobby Burns está desapareciendo; que tengo hambre y me duele la cabeza.

–Que estás loco.

–Lo estoy –confiesa–. Pero eso solo forma parte de mi encanto personal.

Uno. Dos. Mientras sonríe, un par de hoyuelos se dibujan en sus mejillas. No los había visto antes. Son bonitos.

–Entonces –insiste con vehemencia–, ¿qué me dices?

«Solo una chica. Solo un chico.»

–Que no me quedaría otra que ir contigo. Admítelo, te sentirías muy solo en la inmensidad del universo. Aunque, pensándolo mejor, me parece que no estoy interesada en viajar a las estrellas. –Borbotones de palabras salen de mi boca sin darme tregua. Esta no soy yo. Es la falsa Victoria, la que choca los talones tres veces para volver a casa y sigue el camino de baldosas amarillas–. Nunca he soportado muy bien los climas calurosos. Creo que prefiero quedarme aquí abajo.

–Conmigo, espero –bromea él, apoyando la cabeza sobre la palma de su mano abierta. El aire se congela en mis bronquios. Él no es Marcos, porque Marcos se ha ido definitivamente y todo lo nuestro (las cinco Navidades y los cinco aniversarios y los cinco San Valentines) se ha esfumado. Tampoco es el pinche de cocina del Dragón Fe, que me encontró sin oportunidades y me llevó en ambulancia al hospital en el que me obligaron a comer una-cucharadita-por-mamá-y-otra-por-papá. Él solo es Kenji, el de los *piercings* venenosos y los ojos de reptil. El chico que se acerca a mí, me aparta el pelo con delicadeza y me susurra al oído:

—Esto sonará a tópico asqueroso, pero me alegro de haberte salvado. Aunque la vida es una mierda, a veces, merece la pena estar aquí. Porque este es el lugar al que pertenecemos.

«No. No sigas por ahí. Solo relájate, mantén el silencio y...»

—Bésame.

Alguien debería pasarme un manual sobre cómo se comporta una chica normal; una que llega a casa y se desmaquilla en lugar de una que idea estratagemas para comer menos que un mosquito. Alguien debería decirme cuándo es suficiente.

—¡Qué canalla! —se ríe él, sentándose. La manta del navajo se escurre entre sus hombros, mostrando la pelusa beige que cubre la capucha de su anorak—. Bésame tú.

—No puedo. —Me encojo de hombros. Él asiente con una mirada burlona, haciendo chocar sus nudillos contra la hebilla metálica de su cinturón.

—¡Vaya! ¿Y eso por qué?

Porque tengo diecinueve años y solo he besado a un chico. Porque soy una experta en engañar a médicos y enfermeras, pero terriblemente ignorante en todo lo demás. Porque aprobé el bachiller sin pisar un instituto de verdad con personas de verdad.

—Tengo miedo de caer.

«¿De dónde, Victoria?» De las fronteras de mi propio universo...

Kenji se levanta de un salto, colocándose la capucha sobre la cabeza. Debido al roce, los largos mechones de su flequillo se le meten en los ojos.

—Ya, ya —dice pensativo—. Creo que estás un poco borracha. Rosa no suele racanear con el alcohol. —Se sacude el pelo de un manotazo—. Anda, ven, te llevaré a casa.

Mi manual no llega y en mi pecho palpita algo mucho más peligroso que mi corazón. Es la ponzoña, que se infiltra a través de mis músculos y me paraliza. Las órdenes de mi cerebro llegan demasiado tarde a mi boca.

—Había una navaja.

Kenji se vuelve y, por primera vez, su rostro refleja un sentimiento difícil de definir, cercano al miedo y a la sospecha. Su piel, antes rosa, se cubre de un pálido mortal.

—En el baño —preciso, caminando detrás de él. La manta, hecha una bola entre mis manos, no consigue darme calor—. Había una navaja.

En un microsegundo, sus facciones se tensan. Su brazo, introduciendo la llave en el contacto, está rígido como el de una momia. La sangre ya no fluye por sus venas.

—Eh... ah, sí. Era mía. Lo siento.

Estira los labios, abriéndome la puerta. Es como si acabase de arrojar al suelo algo muy frágil y valioso y ahora lo pisotease con fuerza, haciéndolo añicos. Ojalá tuviese la facultad de no sentir.

—¿En el lavabo de mujeres?

Los ojos de la cobra están fijos en el volante. Sus pies, sus manos... todo su cuerpo se mantiene alerta en la carretera. Mientras, los Beatles confluyen en el aire con nuestras respiraciones aceleradas.

Estoy resbalando de este mundo y nadie me escucha cuando grito.

–No es algo de lo que me sienta orgulloso –repite y, con un rugido excesivo, el motor arranca. Si miro arriba, ya no encuentro el cielo.

–Hum… ¿Kenji?

Me mira por el rabillo del ojo, apretando los nudillos hasta que se le ponen blancos.

–¿Sí?

–¿Por qué Hungría?

600 calorías

Cuando estaba en el hospital, mis lágrimas resbalaban por el borde de plástico del tenedor mientras comía. Llorando, les decía a las enfermeras que, por favor, no me llenasen tanto el plato, que no quería ni resistía los fritos, que no me hicieran engordar más.

Ellas me gritaban si yo insistía, de modo que siempre me quedaba en el comedor, sola ante las calorías que danzaban a mi alrededor, riéndose de mí. Todos –los celadores, las bulímicas, las otras anoréxicas– me miraban, pero nadie se fijaba en los gruesos surcos de agua que recorrían mis mejillas. Ellos no sabían, no tenían ni idea, de lo mucho que dolía. Comer estaba quemándome por dentro.

Blanca me sujeta la cabeza mientras vomito, expulsando los tres Bobby Burns, la vergüenza, el odio y las estrellas fugaces del Monte do Gozo. Hace dos horas que Kenji me ha dejado en casa –despidiéndose con un burlón «Respecto a lo del beso… piénsatelo mejor cuando no lleves whisky en la sangre»– y el volcán de mi estómago da vueltas como una noria, arriba y abajo. Los contornos de mi universo han vuelto a perfilarse y, de nuevo, lo percibo todo demasiado intensamente.

–¿Cuánto dices que has bebido? –pregunta mi hermana, anudándome el pelo en una coleta. Lo llevo tan corto que varios mechones se escapan, cayendo en cascada sobre mi nuca. A ellos tampoco les gusta que los aten.

–Solo un par de copas –repito en el intervalo entre las torturas que hacen que mis tripas se replieguen sobre sí mismas. Blanca suspira, acariciándome la columna vertebral.

Y pronuncia esas palabras que tanto daño hacen; cinco flechas afiladas que atraviesan mi corazón.

–Tú no has cenado, ¿verdad?

Su acusación se convierte en espuma mezclada con vísceras cuando sale de su boca.

–Ya te lo he explicado. –Suspiro. Blanca tira de la cisterna, llevándose de golpe todos mis pensamientos–. Hemos ido a tomar unos bocadillos y luego Mari y yo hemos pedido media ración de patatas bravas. Seguro que es eso lo que me ha sentado mal.

¿Mari? ¿Quién es Mari? Yo no conozco a ninguna Mari. Ni siquiera he probado las patatas bravas en toda mi vida.

La mirada de rayos X de Blanca me examina centímetro a centímetro, deteniéndose en mi abdomen y analizando los alimentos que flotan dentro de él. El tiempo se detiene por un segundo.

—Ya, claro, y luego pasó a buscaros Mario Casas en su moto. ¿No ves que todo lo que has vomitado es líquido? —señala con las manos el interior del inodoro en el que ahora ya solo hay agua—. Mira, quizá engañes a mamá y a los médicos, pero yo no soy tonta. Hoy no te he visto ni en el desayuno ni en el almuerzo, así que sabe Dios lo que has comido... si lo has hecho.

Su última aclaración cae sobre mi espalda como una losa pesada, rompiendo una a una todas mis vértebras. Crac. Crac. Crac. Crac.

—No hace falta que me vigiles mientras como —protesto, fría y cortante como el hielo. Mi hermana se pone en pie, cruzando los brazos sobre el pecho—. No estoy enferma. Por si se te escapa, la doctora Castañeda me ha dado el alta.

—¡Por mí como si te ha dado su sagrada bendición! —chilla, dando una patada a las baldosas blanquiazules. Mi mundo se desmorona como un castillo de naipes, pieza a pieza, sin dejar de sangrar—. No es la primera vez que te da el alta, ¿eh? No puedes estar muy bien si no comes.

Serpientes venenosas reptan por mis intestinos, mordiéndome a cada instante que pasa. Mis rodillas tiemblan y no logro levantarme, así que observo a Blanca desde abajo, apretando los dientes con fuerza. El odio vuelve a florecer en mis entrañas.

—¡Pero yo sí que como! —protesto, alzando la voz dos octavas. El vecino de abajo da cuatro golpes contra su techo. Blanca y yo los ignoramos.

—¿Ah, sí? —me reta ella, tendiéndome una mano que no cojo—. ¡El aire no cuenta como alimento!

No puedo más. La gasolina fluye por mis venas abultadas mientras mi propia hermana me corta las alas, alejándome de mi estrella.

—¡Estás loca!

Su brazo, doblado en un ángulo de noventa grados, cae flácido sobre sus caderas mientras grito. Como un robot, midiendo cada paso, se aleja sin mirarme. Me deja a merced de las voces depredadoras de mi mente.

—Hoy no porque tienes el estómago chungo, pero mañana comerás todo lo que te ponga o...

—¿O qué? —la desafío, apoyándome en el soporte del papel higiénico para ponerme en pie. Mis pies, únicamente cubiertos por los calcetines de lana, resbalan por un segundo.

—O te arrastro al hospital —promete mientras se encamina airosa a su habitación. Los rugidos de leona luchadora de mi garganta no tardan en aparecer.

—¡Sí, que me ingresen! Eso es lo que siempre has querido, ¿verdad? ¡Pues vete al carajo con tu soledad!

Vuelvo a precipitarme al suelo, arrugándome como una bolsa de papel. Lágrimas como uvas recorren mi rostro a la velocidad de la luz. Mi pecho sube arriba y abajo con aceleraciones imposibles.

—No puedes hacerme esto, Blanca, ¡por favor!

Pero mi hermana no me escucha.

Alguien.

Araña.

Por.

Dentro.

Las.

Paredes.
De.
Mi.
Garganta.

Mi té rojo se ha convertido en un espumoso capuchino mezclado con agua de cincuenta y cinco calorías. El vacío que antes irradiaba el espacio entre mis costillas y mis caderas pretende ser ocupado por una grasienta magdalena envuelta en un insulso papel morado. Blanca se sienta frente a mí, observándome mientras bebe su cacao endulzado con dos terrones de azúcar.

–¿Qué mierda es esto? –protesto, apartando el dulce lejos de mí. Mi hermana bufa como un gato y lo devuelve a mi plato.

–Tu desayuno –responde, pinchándome con sus palabras de acero. Alargando un brazo cubierto de pulseras brillantes, coge otra magdalena de la caja metálica y se la sirve–. Y me da igual cómo te pongas, porque vas a comértelo.

Bajo las cejas, quitando el envoltorio con lentitud. Su tacto ligeramente viscoso y su olor sabrosísimo toman una nave directa a mis sentidos, pero no voy a hacerles caso. Yo soy más fuerte. Fuerte. Fuerte. Fuerte.

–¿Qué ha pasado con las tostadas y la fruta? –pregunto. Cuando Blanca me mira, sus labios están teñidos de chocolate. Oh, no.

–Si tú te saltas las reglas, yo también.

Mi hermana no me quiere. Desea que me vea tan gorda como está ella, al igual que hacen todos los demás. No le preocupan mis sentimientos, solo pretende inflarme hasta que mis tobillos pesen tanto que no pueda alzar el vuelo.

—Así no me ayudas —le recuerdo, apretando los dientes.

—Mala suerte.

En el momento en que Blanca se concentra en su café, retiro con cuidado la nata del mío y la coloco en el platillo, tapándolo de nuevo con la taza.

Corto la magdalena en cuatro trozos, formando una cruz manchada de crema marrón y brillante, repleta de colorantes y callejones sin salida. Doy un sorbo al capuchino, dejando que veinte calorías desciendan por mi garganta, abrasándola a su paso.

—Y ni se te ocurra hacer trampas —me recuerda, escudriñándome bajo las páginas de moda de su revista del corazón. Suspirando, dejo a un lado el cuchillo de la mantequilla con el que estaba separando el relleno del bollo. Tengo que ser fuerte. Fuerte. Fuerte. Fuerte.

—No me des más comida de la que me corresponde —contraataco, pinchando con el tenedor cien calorías de magdalena. Me la meto en la boca, notando cómo mi estómago se encoge y chilla y llora. Mastico. Mastico. Mastico. Mastico.

—No te mates de hambre en cuanto me doy la vuelta.

Me acerco la taza a los labios y, con disimulo, escupo allí los trozos del desayuno. Luego, haciendo que remuevo el café, los envío al fondo con ayuda de la cucharilla.

—La doctora Castañeda dijo que debía seguir la dieta —insisto, repitiendo el mismo procedimiento con los tres trozos restantes. Bajo la mesa, cruzo los dedos de los pies para que Blanca no se dé cuenta de mi engaño—. No puedes alterarla a tu gusto. Según la doctora, debo mantenerme en mi peso, no por encima de él.

La revista de Blanca vuela por los aires, abriéndose en un reportaje sobre el adelanto de la temporada primavera verano de Christian Dior.

–No fui yo quien empezó a hacer lo que le vino en gana, ¿eh?

–No eres mi madre –mascullo, escupiendo el último pedazo de cianuro sobre el veneno de escorpión calentado un minuto en el microondas. Dando un último sorbo, me acerco al fregadero y abro el grifo.

–Para el caso que le haces a mamá, como si lo fuera –bufa mientras lame los restos de chocolate de sus cubiertos. Aparto la vista. No voy a mirar cómo el dulce gotea hasta su lengua, ni cómo ella se chupa los labios, ni mucho menos cómo devuelve el tenedor limpio a la mesa. Yo soy mejor que todo eso.

Con el estropajo hago desaparecer los últimos restos de ponzoña. El agua, hirviendo, se encarga de lo demás.

55 calorías de capuchino instantáneo + 0 calorías de magdalena de chocolate = 55 saltos de alegría.

Bajando las escaleras de tres en tres, con la música de mi iPod a todo volumen, abro mi blog en la pestaña de Internet de mi móvil. Tecleo la contraseña de entrada –230607VM– y me digo que debo cambiarla antes de que esos números y esas letras tomen un viaje directo a mi corazón y lo hagan cenizas.

SOS

Por **coco** Mar 8 Ene, 2013 08:35 am

Operación abortada.

Los zorros que habitan en mi casa me obligan a comer, vigilándome con sus ojos de esfinge a todas horas.

Adiós a la dieta de Bale, pero no pienso rendirme. No van a conseguir que engorde.

Giro la calle mientras suena una canción de los Ramones, me quito los cascos y entro en la farmacia. Cuando la puerta de cristal se abre, dos agudos pitidos avisan a la mujer tras el mostrador de mi llegada. Me fijo en ella. Rizos caoba, maquillaje muy marcado, bata blanca con un broche de fieltro en forma de flor, pendientes de cristal de Murano. Es nueva y no me conoce.

—Dime, guapa, ¿en qué puedo ayudarte? —pregunta con una sonrisa falsísima, inclinándose hacia mí. Huele a vainilla y a caramelos de miel para el catarro. Me tapo la nariz con mi fular, aspirando mi colonia.

—Hum... sí, necesitaría dos cajas de Dulcolaxo. —Intento parecer avergonzada y titubeante. Las chicas de diecinueve años que piden cantidades industriales de laxantes lo son.

—¿Dos? ¿Estás segura? —se extraña, bajando sus cejas pintadas. Parece Edith Piaf a punto de cantar *La vie en rose*.

—Sí... eh, hace cinco días que no voy al baño y parece que voy a explotar. —Fuerzo una expresión insegura—. Estoy tan hinchada como una embarazada.

La farmacéutica asiente, acercándome su brazo flácido y depilado. Índice de masa corporal = 22,5. Como no se cuide un poco, acabará como un león marino.

—¿No te iría mejor un enema? —sugiere—. Son mucho más efectivos y alivian el malestar enseguida. Mano de santo.

Extiendo las manos, concentrándome en mi papel de adolescente con problemas de flora intestinal.

—No... no me llevo bien con los enemas. Siempre son mi último recurso. Como soy tan estreñida...

—Oh, te comprendo perfectamente, querida. —Se ríe, abrazando mi muñeca. Las mangas largas de mi sudadera tapan las cicatrices y el dolor. Hoy no soy la niña que se hizo un corte tan profundo que casi se evapora—. Mira, tenemos unos tés de ciruela que vienen muy bien para el estreñimiento. Yo tomo uno todos los días después de cenar y ahora voy al baño cada mañana. ¿Por qué no te llevas una caja y los pruebas?

Me los acerca antes de que me dé tiempo de asentir. Vienen veinte bolsitas en un envoltorio rectangular con dibujos que recuerdan a los tatuajes de las tribus amazónicas. Lo cojo, sacando dos billetes de diez de mi cartera.

—Entonces es esto y el Dulcolaxo, ¿verdad? —pregunta, devolviéndome el cambio con un gesto amable. Zorra ingenua.

—Ajá. A ver si me va tan bien como a usted.

—Ya verás como sí, guapa —asegura, tendiéndome una bolsa con el logotipo verde de la farmacia. La guardo en mi mochila, entre un fichero demasiado nuevo y un diccionario francés-español al que todavía no he retirado el plástico protector–. Si no, ya sabes, ¡un enema a tiempo te libra de muchos sufrimientos!

Deberían contratarla para un anuncio de televisión.

–Claro, muchas gracias.

–¡De nada, mujer! Ya me contarás qué tal con los tés.

Como el cielo, Blanca es omnipresente. Allá a donde vaya, va ella también, metiéndome un embudo en la boca para cerciorarse de que me como todo lo que me ponen y-sin-rechistar.

Mis músculos se tensan y mi corazón late desbocado mientras las 500 calorías de pasta con tomate ruedan por mi garganta a la hora de la comida. La salsa, demasiado espesa, se convierte en fuego al llegar a la boca de mi estómago. Mi interior entra en erupción y el único remedio de mi hermana es tomar de postre una pera demasiado grande y madura. Pero yo no necesito peras, ni manzanas, ni plátanos, ni siquiera yogures desnatados bajos en grasas. Yo no necesito nada. Solo vacío en las paredes de mi estómago.

Cuando Blanca vuelve a la facultad, hago acopio de fuerzas y paseo mi vientre de quince toneladas hasta mi habitación, donde he dejado la mochila. De ella saco un ejemplar de *Frankenstein* que debería leer para mi clase de crítica literaria y una caja de laxantes. Al abrirla, mi dedo índice se corta con uno de los bordes de cartón, sellando así el cierre con mi sangre roja y brillante.

Cojo tres pastillas. No, cuatro. Las mezclo con agua y dejo que formen olas mientras van camino de mi intestino, luchando contra la receta de macarrones que mi hermana descargó de Internet.

La bolsa de la farmacia la guardo en mi baúl de seis euros treinta. Su estampado de osos le confiere cierto aire inocente y aniñado; su tapa de polipiel y sus ribetes dorados, un leve toque serio. No tiene llave ni la necesita. Mis peluches, cómodamente sentados sobre él, hacen las veces de guardianes. Nadie –ni las hermanas más entrometidas– se atreve a hurgar en los baúles repletos de cartitas y fotos de las adolescentes descarriadas. Por eso es tan fácil.

Escondo los laxantes y el té entre una postal de cumpleaños que Marcos envió al hospital (debería tirarla, quemarla, pisotear sus cenizas ahora mismo) y un poema que me escribió Bely cuando teníamos catorce años. Lo leo.

Tu amistad es como una flor preciosa,
lista para florecer a cualquier hora.
Nunca dejará de crecer,
nunca dejará de ascender.
Tu corazón es un corazón
que nunca odiaré.
Nuestra amistad es la relación más fuerte
entre tú y yo.

Cándida, banal, desprovista de talento. En el reverso, en una caligrafía temblorosa, lo realmente importante.

30 flexiones + 30 sentadillas + 30 abdominales = -100 calorías.
20 minutos de aerobic (5 canciones) = -100 calorías.
20 minutos de baile intenso (5 canciones) = -100 calorías.
30 minutos andando rápido = -150 calorías.

30 minutos corriendo = -340 calorías.

Natación (30 minutos) = -300 calorías.

Bicicleta (30 minutos) = -250 calorías.

Patinaje (30 minutos) = -300 calorías.

«Nada sabe tan bien como se siente la delgadez», la diosa, Kate Moss.

Sonrío. Bely era la maestra de las trampas y el engaño. Incluso en el hospital, en los intervalos entre las comidas y las terapias, conseguía ejercitarse y seguir bajando de peso. En los nudillos de su mano derecha, la que utilizaba para provocarse el vómito, crecía una herida que nunca se cerraba. Ella era la domadora del circo y nosotras la seguíamos, bailando en círculos a su alrededor.

Hundo el brazo hasta el fondo del baúl, interceptando los *Christmas* de Toronto y los diarios viejos hasta encontrar las pastillas mágicas de Bely. En la caja, casi deshecha, se puede leer la palabra XENICAL escrita en letras mayúsculas.

Vuelvo a sonreír. Diuréticos. Es necesaria una receta médica para comprarlos, pero ella, por alguna razón, había sido capaz de conseguirlos. No había nada que se le escapase si se lo proponía realmente.

Compruebo las provisiones: si las raciono bien, todavía tengo para una semana.

Una pastilla + 100 mililitros de agua = una felicidad auténtica e inconmensurable.

Con celo de colores, pego la carta de Bely por el lado del poema en mi espejo y cierro los ojos para no ver a esa muchacha rubia –con la grasa saliendo de la cintura de sus vaqueros y de las mangas y el escote de su jersey– que se acerca a mí, pidiendo poseer mi cuerpo.

«Delgada… delgada… esquelética…»

Las voces de mi cabeza no me dan tregua y, cuando veo mi reflejo por el rabillo del ojo, gruesas lágrimas desdibujan mi campo visual.

La comida pesa como el hierro en mi interior y no dejará de hacerlo hasta que mi hermana comience a confiar en mí, lo que no ocurrirá nunca. Da igual que esté en mi peso, por debajo o por encima de él; para ella siempre seré esa carga anoréxica, esa chica estúpida que cogió un martillo y rompió uno a uno sus huesos para ser más etérea que el aire.

Hoy.

Solo.

Quiero.

Desaparecer.

Volar. Huir. Evaporarme. Desvanecerme. Convertirme en humo, buscar una rendija y escapar.

Hoy quiero destruir los barrotes de mi propia casa y echar a correr sin detenerme jamás, aunque me falte el aire. Quiero cruzar la frontera que marca el arco iris y abandonar este mundo definitivamente.

700 calorías

El reloj marca las ocho. Estoy tumbada en el suelo del baño con una bolsa de agua caliente sobre mi estómago, jadeando. He perdido el control. Arriba y abajo, a ambos lados de mi cuerpo, crece un ineludible aroma a vainilla. Los restos del pastel de cumpleaños de Néstor, junto con las pastas de té que se colaron por el hueco de mi garganta y las patatas fritas que cortaron expresamente para mí se mueven en círculos ante mis ojos.

Odio los cumpleaños. Odio esa maldita manía de celebrar otros trescientos sesenta y cinco días en este mundo, cómo toda la gente envía mensajes cariñosos a tu teléfono móvil, cómo los vecinos se sorprenden ante lo mucho que has crecido, cómo recuerdan lo rápido que pasa el tiempo. Hacen que desees estar muerto.

Fuera no hay ruido. Blanca y Néstor se han ido de la mano, besándose de pub en pub, y me han dejado sola en el silencio. Delante de mí, formando ochos en la brillante agua del retrete, se amontonan el pastel, las pastas de té y las patatas fritas. Mi corazón late desbocado porque no quiere romperse. Los músculos de mis piernas suben y bajan porque no quieren salir disparados y atravesar mi piel.

Con una mano temblorosa cojo mi teléfono móvil. En la otra sujeto unas páginas amarillas abiertas de par en par en la letra D. Mis tendones obligan a mis dedos a marcar antes de que mi cerebro pueda darse cuenta de lo que están haciendo.

—¿Sí?

La voz al otro lado de la línea se escucha ahogada, perdida entre *riffs* de guitarra y solos de batería. No parece saber a qué se enfrenta.

—Kenji... —Trago saliva. Las paredes de mi esófago arden porque mis palabras están cargadas de lava—. Kenji, necesitaba hablar contigo enseguida. —Cruzo los tobillos, dando una patada involuntaria al listín telefónico, abierto sobre las baldosas claras del baño—. No se te ha ocurrido darme tu número, así que he tenido que buscar...

—¿Disculpa? —La voz se crispa. El perfil de un chico gracioso y desgarbado se dibuja en mi cabeza en una milésima de segundo—. Aquí el Dragón Fe. ¿Llamas para hacer un pedido?

La respiración agitada de Spikey, perfectamente audible a través del teléfono, no consigue acallar mis pensamientos.

—¿Hola? ¿Llamas para hacer un pedido? ¿Hola?

Ya no me queda nada. Los minutos no pasan en mi reloj, pero mi cuenta atrás ha llegado a cero.

—¿Hola?

Con un suspiro, aprieto el botón rojo de rechazar llamada. Luego, apoyándome en el soporte del papel higiénico, me pongo en pie. Mis dedos, todavía húmedos de saliva, resbalan sobre la superficie metálica emitiendo un chirrido sordo. En el espejo, los ojos de una chica perdida segregan lágrimas que serpentean hasta colisionar contra sus pies descalzos. Ya es hora de que alguien la enseñe a volar de nuevo. Debería coger el estuche de costura y remendar sus alas rotas, por mucho que le duela clavar la aguja en su carne.

A medida que atravieso las calles del centro, me percato de que los edificios del centro son todos de un tono frío e impersonal. Tengo la cara escondida entre el suave pellejo de mi capucha. A lo lejos oigo el sonido de los tacones de las chicas y las risas enlatadas de los chicos que comentan sus últimas conquistas. Las noches de los jueves en Santiago, todos juegan a convertirse en la clase de persona que les gustaría ser: vehemente, despreocupada, ligera como el aire. Cuando el reloj da las ocho de la mañana, desaparecen los tacones y las risas enlatadas. Los universitarios vuelven a sus clases. Nada ha cambiado. Nadie tiene el poder de cambiarlo.

El Dragón está escondido entre los pubs de heavy metal, los bazares chinos y un gimnasio abierto las veinticuatro horas. Dentro, suena el mismo tipo de música que escuché a través de mi móvil, una letanía punk rock para nostálgicos de los ochenta y rebeldes del siglo XXI. A través de las ventanas veo luces rojas, verdes y naranjas y, entre ellas, gente enfundada en apretados corpiños y pantalones de cuero, saltando casi a cámara lenta. Intento arrancarme las alas y darme la vuelta, pero alguien pronuncia mi nombre. La puerta de salida ha sido sellada incluso antes de que haya podido abrirla.

–¿Victoria? –Los gruesos cuartos traseros del cocinero tiemblan, acercándose a mí a toda prisa–. ¡Eh, Bobby Burns, espera!

Coloca una mano grasienta sobre mi hombro, obligándome a entrar. El suelo, pegajoso, está lleno de botellas rotas y restos de pajitas. A nadie parece importarle. Nadie más que yo parece notarlo.

–¿Has venido a ver el concierto? –pregunta, asintiendo repetidamente con un gesto. Su delantal, demasiado ceñido, está manchado de ketchup, aceite y lo que parece ser grosella negra. Pronto me doy cuenta de que su sobrenombre –Grasa– es realmente acertado.

–Eh... –balbuceo, tratando de encontrar la frase mágica que me lleve directa a casa. En mi vientre hinchado burbujean la rabia y la vergüenza; por mis entrañas bajan la incomprensión y el miedo. No hay un lugar en el mundo para mí.

–Claro, ¿a qué ibas a venir si no? –continúa Grasa, empujándome hasta la barra. De un modo u otro, me sienta entre dos cachalotes de barbas rizadas y pañoletas rojo sangre. Ni Rosa ni Spikey están atendiendo la barra–. No sabía que Kenji te había invitado. –El cocinero pasea a mi alrededor, posando sus ojos achinados sobre mis articulaciones durante muchos más segundos de lo educadamente correcto–. Aunque tú debes de ser especial, ¿eh? No puede decirse que nos haya presentado a muchas chicas.

–¿Especial? –repito, pero Grasa ya se ha ido. Pasea sus ciento veinte kilos de peso entre los borrachos y las fulanas, depositando copas y combinados multicolores a diestro y siniestro.

–Toma –me indica de pronto, haciendo caso omiso a mi pregunta. Ante mí brilla un vaso alto de cristal en el que flota una bebida de un verde intenso–. Vodka con kiwi –me explica con una mueca afable–. Los amigos de Kenji son nuestros amigos.

Y me deja a solas con el líquido verde, intentando convertir mis silencios en ruido.

Arriba, en el escenario, reconozco los rostros de Rosa y de Kenji. Un escalofrío recorre el interior de mi estómago; esperaba encontrármelo ante mí, a la altura de mis ojos, pero ahora está allí arriba, aumentando la distancia entre nosotros.

Kenji, con el pelo cayendo en cascada sobre sus ojos de cobra, toca un bajo con una pegatina de Saturno a la izquierda; Rosa, guitarra en mano, le grita con rabia al micrófono, expulsando todos sus demonios. Atrás, escondido tras la batería, hay un muchacho con el pelo teñido de azul o verde, un color frío en todo caso. La gente canta, fundiendo sus sentimientos con las partículas de polvo que vuelan en los espacios entre los cuerpos –de muy distintos tamaños– de todos los rockeros.

–¿¡Estáis todos listos para *New State Glory*!? –muge Rosa, haciendo botar sus enormes pechos. Kenji, que aprovecha para colocarse bien el bajo, se aparta el pelo de los ojos con un resoplido. Entre sus dientes separados sujeta una púa que, desde donde me encuentro, parece púrpura. El batería da un redoble de platillos antes de comenzar.

Hey, little bird
Are you feeling close the end?
Maybe you need to go and breath
Hey, little bird
In dreams angels don't cry
I just wanna hold your hand
*Until the end.**

—Los Toxic Lemon son buenos, ¿eh? —susurra una voz a mis espaldas. Es Spikey, que limpia las mesas con una mano mientras recoge tres botellines de cerveza con la otra. Por su frente caen unas finas gotitas de sudor, enmarcando su sonrisa hermética.

—Sí... muy buenos —me sorprendo afirmando. En mi estómago vacío bailan el alcohol y la fruta hecha puré, componiendo su propia música dramática.

—Tocan cada jueves —apostilla—, y algún martes que haya mucho ambiente también... Son la mayor atracción del Dragón después de las historias macabras de los servicios femeninos. —Me guiña un ojo, divertido. Le respondo con un

* «Eh, pajarillo, /¿sientes cercano el final? /A lo mejor necesitas irte y respirar. /Eh, pajarillo, /en los sueños los ángeles no lloran. /Solo quiero coger tu mano /hasta el final.»

corte de mangas que él no deja de notar, claro–. Grasa suele bromear con que contrató a Kenji porque necesitaba un bajista para su banda.

Little bird,
You're the teardrops in my lips
You're those clouds in my eyes
Little bird, you...
You are the heal of my pains
Hey, little bird
Don't be afraid of farewells
Planes just fly away,
Even when you can't see them
And if I stay...
I'll be beside you in the dark
Little bird, the wisdom in my face
I said it, little bird
*I'll be beside you in the dark**

Súbitamente, la voz de Rosa se pierde entre las sombras. El sonido de la batería, con cuidado, se va difuminando. Solo pueden escucharse los acordes, cada vez más lentos, de la guitarra y el bajo. Las amplias mangas del jersey a rayas de

* «Pajarillo, /eres las lágrimas en mis labios. / Eres esas nubes en mis ojos. / Pajarillo, tú... / tú eres la cura de mis dolores. / Eh, pajarillo, / no tengas miedo de las despedidas. / Los aviones solo vuelan lejos / incluso cuando no puedes verlos. /Y si me quedo... / estaré detrás de ti en la oscuridad. / Pajarillo, la sabiduría en mi rostro. / Lo he dicho, pajarillo, / estaré detrás de ti en la oscuridad.

Kenji, tapando sus tatuajes y –no puedo evitar pensarlo– sus cicatrices, ondean en el aire. Sus pupilas acuosas están clavadas en la pastilla del mástil de su instrumento. Busco su mirada como busqué el número de teléfono del Dragón Fe, pero, nuevamente, me doy de bruces contra la soledad.

–Hum... ¿Bobby Burns?

Spikey me saca de mi ensimismamiento a golpe de socarronería. El bailoteo intenso de un grupo de chicas con maquillaje escandaloso y un grupo de chicos con las camisas desabrochadas ha hecho que se reduzca la distancia entre nosotros. Ahora que puedo oler la fritanga, impregnando cada centímetro de su piel, siento que me caigo de las fronteras de mi propio universo.

–¿Sí?

–Solo por casualidad... no habrás llamado tú antes, ¿verdad?

Las seis últimas palabras se clavan como un arma en mis ventrículos, pero el camarero no parece notarlo. En mi cabeza giran, formando una espiral, las luces de colores y los rostros difuminados de la gente y no sé si es debido al alcohol, al hambre o a todo lo demás. Mi cuerpo debería tener una salida de emergencia.

–No –respondo suavemente, intentando atrapar las pepitas del kiwi con el borde blanquecino de la pajita. «No voy a pensar en las calorías. No voy a pensar en las calorías. Hoy he vomitado todo y me lo merezco»–, qué va. ¿Por qué?

Spikey se encoge de hombros, acercando un taburete tan sucio como vacío a mí. Cuando se sienta, las patas metálicas chirrían contra el suelo de linóleo. El grupo ha dejado de tocar, así que ese crujido, junto con los gritos y los silbidos del público, es el único sonido que se reproduce en el Dragón Fe.

—¡Muchas gracias, chicos! —brama Rosa mientras el batería de pelo azul se pone en pie—. Seguiremos aquí la semana que viene…

—Porque no tenemos pasta para pagarnos una gira en condiciones ni nada por el estilo —bromea Kenji, pasándole su bajo a Grasa. Escucho sus pasos bajando del escenario, acercándose a nosotros. Vuelvo a concentrarme en el camarero que me habla.

—Creo que sé quién fue —continúa—, pero… es raro, hoy su voz me ha sonado de otra manera. Un poco más como la tuya. —Sus labios finos se arquean en una sonrisa pícara—. Pero no me hagas mucho caso. He pasado demasiado tiempo escuchando ese ruido infernal al que Kenji llama música.

—¿Ruido infernal?

De entre las penumbras se alza un cuerpo que, colocando un antebrazo delgado sobre los hombros del camarero, repite sus mismas palabras. Los ojos de la cobra, por una vez, se iluminan al posar sus pupilas sobre las mías. O quizá sea un efecto de la cegadora luz de los neones fosforescentes.

—Vaya, vaya. —Kenji sonríe, encogiéndose de hombros—. ¿Qué te trae por aquí?

«El veneno ardiente que he expulsado de mi cuerpo. Los vómitos que casi me parten en dos. Las lágrimas que abrasan mis mejillas. Mis músculos rosas hechos picadillo.»

—Me apetecía hablar con alguien.

Kenji aprieta los labios en una expresión divertida.

—Y, entre todas las personas del omnipotente universo, ¿vas y me escoges a mí?

Ladeo la cabeza, sintiendo el vodka fluyendo por las cavidades de mi garganta. Incapaz de disimular, Spikey se aleja silbando, haciéndole gestos a Rosa en nuestra dirección. Ella finge hablar con el batería de pelo azul.

—Ya sabes, después de descubrir la cura para el cáncer, confirmar la teoría del Big Bang y solucionar el conflicto judeo-palestino, no te queda mucho tiempo para hacer amigos —bromeo con acritud.

—Ciertamente —concede—, la tuya sí que es una existencia ajetreada.

Me gustaría acercarme a él y, muy suavemente, contarle la verdad. Que en mi vida no hay más sitio que para números de bordes afilados, que no tengo metas ni motivos, que estoy sola y enferma. Claro, enferma, esa es la fórmula mágica que me devuelve a la realidad. Nadie arde en deseos de pasar sus minutos con una princesa de hielo.

—Pero tenemos un problema —continúa él, ajeno a mis pensamientos. Parpadeo. En sus comisuras se esconde el fantasma de una sonrisa—. Así, tan improvisadamente... no puedo aprovechar un fenómeno celeste para proponerte una cita.

—Bueno, yo ya estoy aquí —repongo, arqueando las cejas. Una gótica con dos jarras de cerveza en las manos pasa por detrás de Kenji a toda prisa, obligándolo a dar tres pasos hacia mí. Ahora sus manos rugosas están apoyadas sobre mis rodillas y solo la tela vaquera de mis pantalones separa su piel de la mía.

—Eso también es verdad —asiente. Luego, como si fuese lo más natural del mundo, desliza sus dedos entre los míos y me toma la mano. Su pulgar, involuntariamente, roza las cicatrices de mis muñecas—. Ven, te llevaré a un sitio. No es nada del otro jueves, pero al menos no estará tan colapsado como el resto de Santiago.

Niego, levantándome de un salto. Su mano no suelta la mía.

—Ah, no. Hoy elijo yo —decido mientras caminamos entre cuerpos delgados como espigas y cuerpos hinchados como globos de helio. Por una vez intento no pensar en la grasa.

Fuera ya no siento el frío. Los semáforos cambian de color en un segundo, proyectando sombras danzarinas sobre el rostro afilado de Kenji. Adolescentes borrachos giran en círculos a nuestro alrededor, yendo y viniendo, hasta formar un anillo que nos separa de la realidad. La nieve, que no ha llegado a cuajar, pega nuestros pies al suelo de piedra. Avanzamos sin decir nada, escuchando las respiraciones tranquilas del otro.

—Y bien —empieza al detenerse ante un paso de cebra iluminado de rojo. Debe de ser la única persona de la ciudad que respeta las normas de tráfico—, ¿puedo saber adónde vamos? ¿O es una sorpresa?

Un camión de la basura se detiene con un frenazo. Sus prominentes ruedas delanteras rozan la pintura blanca del paso de peatones. Los engranajes del mundo, por alguna razón, parecen haberse ralentizado.

—Precisamente ahí está la gracia. —Suspiro—. Que no sepas de qué se trata.

No sé lo que estoy haciendo. Doy pasos, tal vez no siempre en línea recta, pero avanzo indefectiblemente. Mi problema es que desconozco cuál es el destino. Tengo miedo de perderme en los atajos que encuentro en el camino.

–Solo te diré que está en el norte –añado con los dientes apretados, tratando de alejar su mirada esmeralda de mí. Su iris brilla con malicia.

En el norte está mi facultad, el auditorio de Galicia y el parque. Mi parque. Hay un pequeño arroyo allí que llena de música mis mañanas de invierno, hay patos que mueven graciosamente sus culos mientras pasean entre mis piernas; las piedras del camino siempre están húmedas, aunque sea verano, y la hierba, de un verde casi irreal, huele a libertad y sueños.

–Hum… eso está lejos –susurra para sí, acariciándose el mentón con los nudillos. Me fijo en las tiritas que los cubren, casi a modo de anillos–. Deberíamos acortar distancias, ¿no te parece?

En cuanto pienso en la pregunta más evidente («¿A qué te refieres?»), él ya me ha soltado, dejando que el viento gélido del invierno se introduzca en mis cicatrices. Antes de que pueda reaccionar, cruza la carretera en dos zancadas, dirigiendo miradas furtivas a los vehículos parados como en una procesión. En la siguiente imagen que se proyecta en mi cerebro, él se ha subido a la parte posterior del camión de la basura, en el lugar donde hace unos años se colgaban los basureros. Ahora un enorme gancho es el encargado de recoger los desechos de los contenedores, así que todo cuanto deben hacer ellos es conducir. Los nudillos de Kenji, amarillentos debido a la presión, se agarran firmemente a la argolla de metal sujeta al trasero del vehículo.

—¡No pienses! —chilla él—. En la vida hay momentos en los que es mejor cerrar los ojos y no pensar.

El semáforo pita, indicando que quedan dos segundos para que el verde que abre paso a los peatones se convierta en rojo.

«No pienses. No pienses. No pienses.»

Cierro los ojos. Por una vez, hago caso a otras voces que no sean las de mi cerebro y dejo que las suelas de mis botas abandonen el suelo, aterrizando de golpe sobre la pequeña plataforma que se extiende en el trasero del camión. Medio metro me separa de Kenji, pero puedo sentir el calorcillo que desprende su cuerpo muy cerca de mí, como si en realidad no nos hubiéramos separado.

—¡Ahora ábrelos! —me insta. Con la ese líquida de «ábrelos», el camión se pone en marcha. Los edificios de la ciudad se entremezclan con el cielo estrellado, formando una masa azulada y homogénea que cubre todo mi campo visual. Las bombillas nocturnas, de repente, parecen mucho más brillantes y alargadas, como enormes serpientes de fuego que cruzan el firmamento en un instante. El aire revuelve mi pelo, que fluye libre, dejando al descubierto mi nuca pálida. Kenji, con las pupilas clavadas en el horizonte, parece mucho más joven ahora que atravesamos Santiago a setenta kilómetros por hora. Sus cejas manteniendo esa expresión suya de seriedad; sus *piercings* emitiendo un atractivo brillo metálico. Aquí, ahora, estamos vivos, y es mucho más fácil correr en la misma dirección que los problemas que huir de ellos.

Acompasando mis inspiraciones y expiraciones con las risas de los transeúntes que nos ven y señalan, obedezco a Kenji y cierro los ojos a todo lo demás, incluso al olor de las basuras. Entierro las calorías, las miradas atentas, el dolor y la incomprensión en un hoyo muy profundo, tan profundo que no se ve dónde termina. Ni Blanca ni mi madre ni la doctora Castañeda importan. Yo soy la dueña de mi destino y me niego a vivir en un cuerpo que no me pertenece. Solo quiero alzar el vuelo...

—¡Oh, joder, esto sí que sienta bien! —brama Kenji, su pecho subiendo y bajando muy rápidamente. Yo, como una hiena, no soy capaz de hacer otra cosa que reírme. Coger todas mis oportunidades ahora es tan fácil como atrapar al vuelo las hojas de los árboles, que caen serpenteando sobre nosotros.

—¿Qué pasará si nos descubren los basureros? —le grito. Una nube de aire se introduce en mi interior al abrir la boca, haciendo que el combinado que me sirvió Grasa explote entre las paredes de mi estómago—. ¿Nos llevarán a la comisaría?

—¡Tú solo vive el momento!

Y sus palabras, como el pajarillo de la canción, parecen curarlo a sí mismo, así que obedezco. Me dejo llevar por mis sentimientos y, al fin, ya no me dan miedo los pinchazos de mi corazón.

El vehículo se detiene demasiado bruscamente, haciendo que aumente la fuerza que me mantiene unida a él. Con un crujido sordo se abren las puertas del piloto y el copiloto, y de ellas salen dos hombres uniformados. La mano de Kenji, como un resorte, se acerca a mí y me coge del antebrazo. Nos evaporamos en una milésima de segundo, subiendo la ladera que conduce al parque de Bonaval –erigiéndose ante nosotros como un poderoso coloso– entre los hipidos que cierran nuestras risas. Detrás de nosotros, escuchamos la basura caer.

–La vida merece mucho más la pena cuando vives el presente, ¿eh? –Kenji sonríe, apartándose los largos mechones del flequillo de un manotazo. Pequeñas gotitas de sudor recorren su frente ancha, formando eses y ochos hasta desaparecer.

–Tal vez –asiento, devolviéndole la sonrisa. Un cosquilleo agradable me recorre las mandíbulas. No están acostumbradas a moverse tanto por una razón tan ligera, tan imprevisible, tan arbitraria como la felicidad–. Aunque te recuerdo que pretendíamos llegar al norte.

Kenji ladea la cabeza en mi dirección. No hay ni cinco centímetros de separación entre su cuerpo y el mío, y el cálido vaho plateado que sale de su boca se convierte en caricias al colisionar contra mi piel, fría como el hielo.

–No tenemos que llegar a ninguna parte –dice, haciendo un mohín–. Además, siempre puedes tomar esto como una obra del destino.

–Claro, porque eso suena mucho más romántico y premeditado que un par de basureros dispuestos a echarnos una bronca por tomar prestado su camión como transporte público –replico con vehemencia, jugueteando instintivamente con la cremallera que cuelga de su anorak acolchado.

–Claro.

Cuando sonríe, lo hace juntando sus labios con los míos; sus dientes chocando con los míos. La punta de su nariz toca mis pómulos mientras, con suavidad, su lengua se desliza por mis encías, encontrándose inevitablemente con la mía.

–Te lo debía –susurra apretando su sentencia contra mi oído. Ya no puedo fingir que soy la única persona que cuenta.

Y así, sin tan siquiera poder evitarlo, me invade una sensación fuerte, dolorosa e inútil: el afecto.

DESHIELO

Los monstruos son reales,
y los fantasmas son reales
también. Viven dentro de
nosotros y, a veces, ellos
ganan.
Stephen King

viernes

El rítmico tic tac de las agujas del reloj suena al compás de los latidos de mi corazón. Me abrazo a mis rodillas, envuelta entre las sábanas ásperas de Kenji, y desconecto mi móvil. En la pantalla brillan las cinco llamadas de Blanca durante un segundo más. Luego, como una estrella que se apaga, desaparecen lentamente.

–¿Quieres leche para desayunar? –pregunta Kenji desde la cocina. Puedo verlo, solo con los pantalones puestos, a través de la rendija abierta de su puerta. Estoy desnuda, pero en esta cama vacía no siento el frío.

–No.

–¿Café, cacao...?

–No.

Las sílabas salen de mi boca como si no hubiera pasado nada. Estoy en la habitación de Kenji, observando los claros rayos del sol a través de sus persianas entreabiertas. Esto está desierto como las dunas del Sáhara.

–Hum… ¿Zumo de uva?

–Tampoco.

–Mejor, porque creo que está caducado. –Sus pasos hacen chirriar el suelo de madera y yo no puedo moverme. Siento demasiado violentamente y estoy a punto de apretar el botón de autodestrucción de una vez por todas–. De los compañeros de piso, yo soy el que limpia, ¿sabes? Aunque eso no dice demasiado… ¿Te apetece un chocolate? Debe de haber un bote de Paladín por ahí.

–No, no quiero nada. –Suspiro, estirando el brazo para alcanzar mi jersey. En la ventana repiquetean las gotas de lluvia que, muy lentamente, forman patrones y dibujos en el cristal, empañado de un polvillo plateado.

Después de abrigarme busco a tientas mis bragas –hechas un ovillo junto al cabecero– y mis vaqueros –arrugados bajo la silla del escritorio– y, descalza, cruzo el pasillo que conduce a la cocina, donde Kenji mezcla un preparado de café soluble con agua caliente.

–Es la primera vez que me pasa –musito, mordiéndome el labio inferior. Él, sin volverse, coge una ensaimada del estante superior de la alacena. Cuando abre el envoltorio de plástico en el que está envasada, el azúcar glasé que la cubre flota en el aire enrarecido durante una fracción de segundo. Luego, como una nube de purpurina, cae sobre el suelo, esparciéndose entre los dedos de mis pies–. Lo siento.

Kenji deposita la cucharilla con la que revolvía Nescafé sobre la encimera, provocando un repiqueteo demasiado fuerte. Se sienta a la mesa, justo a mi lado, pero sigue evitando mirarme.

–No tenemos por qué hablar después de haber hecho el amor –repone. Sus dedos, teñidos del blanco del dulce, dejan huellas sobre la taza y los cubiertos. Su presencia, insalvablemente, permanece.

–No hemos hecho el amor –le recuerdo, apretando los dientes. Él no me mira; da sorbos a la bebida humeante, observando su reflejo en los azulejos de la cocina.

Es cierto. Después de besarnos en el parque de Bonaval, la nieve se convirtió en lluvia. Corrimos hasta su casa, volvimos a hacer uso de nuestras lenguas en el ascensor y, como si aquel hubiese sido un destino ineludible, acabamos en su habitación. Seguimos todos los pasos. Él me quitó la ropa, deteniéndose un instante en mi sujetador. Con las yemas de sus dedos recorrió la jaula de mis costillas y la línea de mi columna vertebral; con sus labios rozó mis caderas salientes y el hueso de mi clavícula. Se tumbó sobre mí y, acariciando mi pelo, muy despacio me penetró. Solo que no llegó al final. Porque, de cualquiera de las maneras, yo estaba seca. Dolía horrores; eso que nunca –por ningún motivo– debería doler.

–Y tú no tienes que pedir disculpas –continúa él, cortando la ensaimada en pedazos muy pequeños y sumergiéndolos en el café. Al hablar, cuatro migas caen sobre la espuma que sobresale de la taza, marcando los puntos suspensivos de su propia afirmación.

Lo que no precisa, lo que nadie nunca precisaría, es la inevitable verdad acerca de mí. Soy una muñeca rota que no sirve para amar. ¿Cuál fue la última vez que me acosté con Marcos? Ni siquiera me acuerdo; ni siquiera me apetecía. ¿Y la primera? El recuerdo es tenue. Dolió tantísimo...

Soy una niña encerrada en el cuerpo de una vieja. O una vieja encerrada en el cuerpo de una niña. Ya no sé quién soy.

—¿De verdad que no quieres desayunar nada? —insiste Kenji, mirándome por primera vez. Su pregunta, invisible, se enlaza con el olor de la ensaimada, con su textura inflándose al entrar en contacto con el café. Debo ser fuertefuertefuerte—. Hay fruta y yogures, si no tienes mucha hambre. No deberías quedarte con el estómago vacío.

Y, a través de la puerta entreabierta de la alacena, puedo ver una bolsa de magdalenas y una caja sin empezar de Corn Flakes…

FUERTEFUERTEFUERTE.

—Déjalo, si en realidad tengo que irme —me excuso, dándome la vuelta antes de que los ojos de la cobra me hipnoticen definitivamente—. Ya estoy perdiéndome una hora de clase.

No me habría puesto los calcetines, a pesar de las marcas violáceas de mis pulgares, de no ser porque están hechos una bola dentro de mis botas. Me las calzo sin abrochar los cordones; cojo mi bolso sin comprobar que todas mis pertenencias continúan dentro de él. Sin embargo, cuando intento cruzar la puerta de roble que separa la libertad de la calle del oxígeno opresor del apartamento de Kenji, me encuentro frente a frente con él, escudriñándome como si fuera un fantasma demacrado.

—Oye, Victoria… —comienza, pero enseguida él también se da cuenta de que no sabe cómo continuar. No hay un modo de continuar. No necesito su empatía ni su lástima, ni quiero un amor en el que sea una carga. No necesito nada de nadie. Y esto, sencillamente, no hay manera de expresarlo con palabras. Porque a nadie le gusta admitir la soledad.

–Tengo una clase de literatura, ¿sabes? –recalco, analizando las puntas desgastadas de mis zapatos–. Y la asistencia suma casi dos puntos. No debería faltar más.

Él asiente, apretando los puños con tanta fuerza que los nudillos se le ponen amarillos.

–Victoria… –me llama, apartándose los mechones del flequillo con un movimiento rápido de cabeza. Su presencia, que invade cada lugar del corredor, me impide respirar. Las palabras forman frases que mi boca repite sin comprender su significado. La corriente de pensamientos de mi cerebro es demasiado densa.

–Creía que no querías hablar de eso.

–Bueno, es que no esperaba que fuera tan importante para ti –se defiende, alzando la voz. Solo necesito abrir la ventana del pasillo un poco, escaparme por los espacios vacíos que dan al exterior y coger aire.

–Debería serlo –recalco–. Tenemos diecinueve años.

Luego me doy cuenta de que no sé nada de él, ni siquiera los datos más básicos, y me corrijo automáticamente.

–O al menos yo.

Kenji recorre mis pómulos, manchados del negro de las marcas de mi *eyeliner*, y se cruza de brazos. Sus músculos, poco desarrollados, apenas sobresalen con la flexión. Al instante, mis ojos se deslizan instintivamente a sus cicatrices abultadas.

–¿Y qué? –Su voz tiembla–. ¿A quién le importa? Si viniste aquí solo por eso, realmente no deberías faltar a tu clase de literatura o lo que sea.

Casi escupe ese eso. El aire que sale de su nariz es tan caliente que incluso puedo sentirlo, a pesar de los tres pasos de separación entre nosotros.

–No, si no es eso –me excuso, buscando desesperadamente una rendija abierta por la que poder escapar–, pero…

Kenji se acerca a mí, sus pupilas girando a toda prisa en el centro de su iris.

–Mira, tal vez no era el momento adecuado, o tal vez tú no estabas preparada o… ¡Yo qué sé! –Da una palmada sobre sus piernas–. Eso no es lo importante. No me monté en ese camión para bajarte las bragas, ni te besé esperando que te despertaras en mi cama esta mañana. Eso son sencillamente cosas que ocurren. Por eso no quería hablar de esto. Porque deberíamos estar seguros.

Su perorata se detiene con una caída inusualmente brusca de su pecho, como si hubiese estado preparándose durante mucho tiempo para soltar algún tipo de frase lapidaria que aclarase, punto por punto, todos mis sentimientos. Ojalá fuera tan sencillo como eso.

El calor de pronto sofocante del recibidor acciona mis cuerdas vocales, que nuevamente se ponen en funcionamiento sin escuchar las órdenes de mi cerebro.

–Creo que estamos yendo demasiado rápido.

–Yo también lo creo –me secunda con frialdad, apoyando su aseveración con dos toques de cabeza.

Una vez más, como si ambos nos encontrásemos en el interior de una cavidad muy pequeña, vuelve a faltar el oxígeno. En el suelo de parquet oscuro, de donde no se mueven mis ojos, puedo ver los pies descalzos de Kenji; si subo, me encuentro con la uve que forman sus caderas, con su vientre plano.

Como estatuas de sal, ni él ni yo nos movemos. Nuestras posiciones, innaturalmente rígidas, no cambian ni un solo milímetro.

–Pues bueno… –musito. Después caigo en la cuenta de que no tengo nada más que decir. Kenji parece encontrarse en mi misma situación– yo…

–Eh… estaba preparando un baño, yendo a otros asuntos –deja caer él, atropellándome. La expresión en su cara se relaja, haciendo que las comisuras de sus labios se curven ligeramente. Sigo sin saber qué hago aquí–. Me parece un buen plan porque, de todos modos, ya estás llegando tarde. ¿Qué me dices?

Se acerca inconscientemente hacia mí, estirando su brazo muerto en mi dirección. Inconscientemente, me echo atrás. Me da demasiado miedo el dolor, y el rechazo. Miedo a qué, o el rechazo de quién, eso ya no sé determinarlo.

–De verdad, tengo que irme. Además, no tienes por qué intentar solucionarlo ni nada por el estilo. Como tú has dicho, tal vez no era el momento.

Solo que yo sé que no es así; que, si existe un problema, todo se debe a mi cuerpo. Pero esto es algo que yo no puedo cambiar.

–¿Quién ha hablado de solucionar nada? –pregunta él, moviéndose a pasos agigantados. Me acerco más a la puerta, al pomo circular en el que resisten las marcas de los dedos de Kenji, para que no colisionemos–. Yo solo estaba pensando en el frío de mil demonios que hace ahí fuera. –Señala la ventana empañada, cabeceando–. Bueno, y en cómo acariciaría tu espalda para quitarte ese jersey, pero esas cosas no se dicen.

En mi mente fluyen mil respuestas que cualquier otra chica diría, pero ninguna me satisface.

–De verdad –reitero–, hoy no. Ya... nos veremos y eso.

Fuerzo una sonrisa, haciendo nudos en los huecos de mi estómago vacío. Kenji, quizá sin darse cuenta, pone los ojos en blanco.

–Claro, ya sabes dónde encontrarme.

La última sílaba se diluye, aplastada por el rugido ensordecedor de la lluvia repiqueteando contra el tejado. En mi interior, como un reptil astuto y huidizo, crece una pregunta que una parte oculta de mis entrañas sisea con un exceso de confianza.

–Kenji, ¿tú qué piensas de mi cuerpo?

sábado

La doctora Robles teje un jersey para su nieta mientras habla conmigo. La lana violeta cae enredada sobre sus rodillas repletas de grasa, formando una cascada nudosa entre sus pies. Si pudiera, llevaría zapatillas de andar por casa, aunque en las paredes claras de su clínica haya colgado sus títulos y certificados junto con los carteles de los congresos a los que ha asistido. Creo que tengo la terapeuta más rara que existe, y lo peor de todo es que también visita en sábado.

Mentiras. Son todo mentiras. La niña de coletas que me sonríe desde la balda superior de la estantería –aportando una nota de color a los tomos grises de la *Gran enciclopedia de la psicología*– no parece mucho más real que los besos de Kenji o las voces de mi cabeza. Los rostros de mi vida están difuminados.

–¿Qué tal te encuentras hoy, Victoria? –me pregunta la doctora, deslizando sus dedos artríticos por las agujas de cuarenta centímetros. Alguien debería coser los bordes de mi corazón con un hilo dorado muy fino.

—Bien —respondo distraídamente, arrancándome los padrastros que crecen bajo mis uñas con los dientes. Claro que no estoy bien. Si estuviera bien, no estaría el mejor día del fin de semana en esta consulta—, ¿por qué me lo preguntas?

Se encoge de hombros, dejando el proyecto de jersey sobre el cojín de *patchwork* situado a su izquierda. Detrás de ella, a través de los cristales mojados, puedo ver el cielo blanquecino y, mucho más lejos, las torres de la catedral.

—Pareces cansada —dice, inclinándose instintivamente hacia mí. Aparto la vista, refugiándome en los puños suaves de mi sudadera—, y tu hermana me ha contado que no te alimentas como deberías. ¿Hay algo que te preocupe?

Barro la estancia con la mirada, buscando desesperadamente una puerta trasera por la que escapar de tanta falsedad. La doctora Robles arquea una ceja, cambiando la lana y las agujas por su pluma y el bloc donde apunta mis progresos.

—Ya sabes que todo lo que me cuentes no saldrá de aquí.

Mentiras. Mentiras. Mentiras.

—Creía que todo eso del secreto de confesión solo era aplicable a los curas —se le escapa a mi lengua, afilada como una cuchilla de afeitar. Muevo la muñeca inconscientemente, tapando mis cicatrices con la correa plástica de mi reloj.

La doctora Robles suspira, anotando cuatro palabras alargadas en el folio en blanco.

—Estás volviendo a eso, ¿no te das cuenta? —me ataca, aunque no precisa a qué—. Victoria, has conseguido mucho durante todos estos años y, aunque ahora has pasado por un bache, no deberías tirarlo todo por la borda.

–No... no es cierto –miento, separándome el flequillo de la frente con un pasador metálico. Sus apliques de cristal brillan, formando un pequeño arco iris sobre mi piel–. No estoy volviendo a nada. Sencillamente estoy en época de exámenes.

–¿Estás segura? –insiste, fulminándome con sus grandes ojos azules.

Las distancias entre nuestros cuerpos parecen desaparecer en un segundo. Los contornos de su rostro se vuelven más densos, de modo que podría dibujar el mapa de sus arrugas si tuviese lápiz y papel. Y si sirviese de algo.

–Lo digo porque pareces angustiada... estás siempre alerta. Los cambios a tu edad pueden ser muy traumáticos, y tu relación con Marcos era muy antigua. Tal vez...

–No tiene nada que ver con Marcos –la interrumpo automáticamente. Un gato perdido se pasea por las tejas del edificio contiguo, guareciéndose de la lluvia y del frío bajo la chimenea.

–Entonces hay algo –puntualiza ella, triunfante. Una vez más, me ha atrapado con su red para mariposas y ahora alarga el brazo para meterme en una jaula de oro, para exhibirme como a los diplomas y los libros escritos en inglés y alemán–. Ha vuelto la ansiedad, ¿verdad?

El gato maúlla, erizando los pelos negros de su espalda. El ovillo rueda más allá de la alfombra beige de la doctora, formando eses y espirales a su paso. Una mosca de cuerpo azulado zumba junto a mi oreja, buscando una alternativa divertida para pasar sus cuarenta y ocho horas de vida. Y yo sigo aquí, anclada a este sofá de trescientos euros de IKEA, gritando por dentro y rezando para que ~~nadie más me escuche~~ alguien me salve.

—No. —Las mentiras salen de mi boca como la sangre fluye por mis venas—. No es eso.

Un repentino fogonazo de luz ilumina las nubes y mi mente, arrojando claridad allí donde antes dominaban las tinieblas.

—Se trata del sexo —digo, mordiendo el borde de la cremallera. La doctora se acomoda en su sofá, escuchándome con interés—. Hay un chico y… yo estoy… seca. No logro lubricar, así que me duele muchísimo. Es imposible llegar hasta el final.

Ella se acerca a mí, posando la punta de la pluma sobre el bloc de notas. Al tomar aire para hablar, la tinta forma un círculo oscurísimo sobre el papel.

—Él me gusta —afirmo con sorpresa antes de que pueda decirme nada. La mosca se posa sobre la lámpara de pie, manteniéndose inmóvil como si ella también quisiese mantenerse al tanto—. Mucho. Y no es que no me excite, pero no consigo que no me duela.

Y, de nuevo ante mí, tengo las manos de terciopelo de Kenji, que bajan por mis costillas con dulzura, casi como si las estuviesen contando, que acarician mis cicatrices muy suavemente.

—¿Él sabe que estás enferma? —inquiere la doctora, bajando sus cejas canosas y espesas. La lava hierve bajo mi carne.

—No sé a qué viene eso.

—¿Lo sabe o no?

«Enferma... enferma... enferma...»

–No, no lo sabe –escupo, apretando los labios–. No nos conocemos demasiado.

La doctora Robles asiente, escribiendo seis frases muy rápidamente. Los pellejos de su cuello tiemblan al compás de sus palabras mudas.

–Creo que quizá eso es algo que deberíais hablar –finge aconsejarme, pronunciando las sílabas venenosas con extrema lentitud.

–Pues yo creo que no.

Más luces iluminan el firmamento, pero son tan frías como las sábanas de la cama de uno cinco de Kenji.

–Si iniciáis una relación, ya no será algo que te incumba solo a ti. Habladlo detenidamente e intentadlo de nuevo, cuando los dos estéis relajados.

La pregunta que se escapó de la punta de mi lengua en el pasillo de su casa fluye ante mí esta tarde, repitiéndose con un eco de ultratumba.

«¿A quién le importa el cuerpo?», había protestado él cuando le pregunté qué pensaba acerca del mío, y ambos eludimos la respuesta correcta: «A todo el mundo. A la psicóloga que está sentada ante mí; a mi madre, sirviendo comida orgánica en Ferrol; a mi hermana, pretendiendo estar demasiado ocupada con Néstor; a Marcos, que decidió que el tiempo nos curaría; a la señora que se detiene al cruzar el semáforo y posa su mirada sobre mis caderas más de dos segundos; al profesor de Francés, que me echa más de un vistazo al entregarle mi examen. A todos.»

Sigue lloviendo cuando llego a casa, más dormida que despierta, abrazando un vaso de té demasiado caliente. Lo he comprado en la máquina expendedora de la clínica, mientras escuchaba a la doctora Robles asegurándome que habíamos hecho «grandes progresos» y que «confiaba en mis capacidades para diferenciar lo real de lo ficticio». Así mismo me lo dijo, con la misma facilidad con la que el líquido oscuro y espeso chorreaba sobre el recipiente plástico. Yo evité responderle del mismo modo que evité presionar el botón del azúcar para endulzar mi infusión. Creo que ella se dio cuenta, pero tenía otros pacientes y desapareció más allá de su puerta de roble, dejándome a solas con mis pensamientos.

–Llegas temprano –afirma Blanca, quitándole el sonido al televisor. Dos tertulianas de pelo oxigenado se miran en silencio. Como mi hermana y yo, no les hacen falta palabras para expresar su odio.

–Según la doctora, hoy me he abierto mucho –anuncio, sentándome a su lado. Mi mochila, casi vacía, se arruga como una bolsa de plástico al caer sobre la piel granate de nuestro sofá–. Hemos estado hablando mucho.

–¿De qué?

Me quito las botas con dos patadas, haciendo que la puntera de piel de una de ellas choque contra el cartón de zumo de uva de Blanca, vertiendo su contenido sobre la mesita de café. Una mancha violácea de bordes difusos crece junto a un fortísimo olor a vino y fruta pasada, revolviéndome el estómago.

–Más de lo mismo. –Suspiro. El radiador está a veintitrés grados, pero tengo tanto frío que se me duermen los dedos de los pies y de las manos. Busco desesperadamente nuestra manta de lana con la mirada, sin que aparezca en ninguna parte–. Al parecer, alguien estaba muy preocupada por mi actitud.

Los ojos de mi hermana, mucho más acuosos de lo que recordaba, pasan de mis calcetines de flores a mi rostro en una milésima de segundo. Por un instante tan solo, parece que los músculos de su frente y de sus mejillas se relajen, dejando que su piel se extienda tersa como la seda. Un parpadeo, y todo ha cambiado. Solo es Blanca, analizándome como si fuese uno de los niños sin oportunidades en los que se basa su trabajo de fin de carrera.

–No quiero que vuelvas a enfermar –confiesa en voz muy baja, marcando excesivamente la ese. Lo que no añade, lo que nadie nunca añade, es el momento exacto en el que dejé de estar enferma. Si es que algo como eso ha ocurrido alguna vez.

Repentinamente, la cálida luz naranja de un rayo ilumina nuestro salón, creando sombras fantasmagóricas sobre las paredes. Todas las bombillas de la casa, como miembros sumisos de una orquesta, se apagan al mismo tiempo.

–¡Oh, vaya! –exclamamos al unísono, como si realmente fuésemos hermanas y no dos muchachas que, por casualidades de la vida, comparten a la misma madre. Como si hubiese vuelto la época en la que íbamos juntas a las discotecas los domingos por la tarde, cuando comentábamos nuestros líos amorosos y, muy juntas en la misma cama, nos susurrábamos nuestros secretos entre risas. Como si nunca se hubiese ido.

—Jo, ¿cómo vamos a calentar la cena ahora? —se queja Blanca, rompiendo la magia con tanta naturalidad que cuesta creer que hubiese existido un vínculo parecido entre nosotras—. Tengo las patatas rellenas de ayer en el microondas...

—Ya he cenado —miento, rápida como una aparición—. Un bocadillo de tortilla —añado inmediatamente después, alejando de mis fosas nasales el olor ficticio del mojo impregnando las patatas imaginarias, tan doradas, perfectamente mezcladas con el huevo. Las tripas me rugen—. Fui a estudiar a la biblioteca y al salir tuve hambre. Ya sabes, la ansiedad, los nervios por los exámenes... ese tipo de cosas le abren a una el apetito.

Como un perro de caza abalanzándose sobre su presa favorita, Blanca gira la cabeza en dirección al reloj de pared, colgado un tanto torcido junto a un calendario que todavía marca diciembre.

—Todavía es temprano —replica, señalando el minutero rojo con un movimiento fugaz del cuello—. No creo que te aguante.

Las agujas se mueven muy despacio, apuntándome con sus bordes afilados, tratando de atraparme para no dejarme escapar.

—Luego me tomo un yogur.

Ideo planes que nunca se llevarán a cabo, evito pensar en la grasa, me subo a un camión en marcha y escribo en el libro de mi destino con tinta de limón. Soy la dueña de mi alma.

Pero Blanca pronuncia esas cuatro palabras.

—Victoria... no vuelvas a eso.

«No vuelvas a eso. No vuelvas a eso. No vuelvas a eso.»

Los espectros de mi interior repiten su frase con mil entonaciones diferentes, cantando y chillando hasta que mi cerebro se resquebraja, dejando tras de sí el rastro de pedazos inconexos; lágrimas de cristal.

Nuestra apacible estampa familiar se descompone en el momento en el que, saboreando la advertencia de mi hermana, me levanto y camino hacia el pasillo, tan lleno de promesas.

—¡Eh, espera! —me grita ella, pero yo no quiero oír hablar de comida o reglas de oro bordadas sobre el colchón de mi cama. Yo solo necesito respirar y no me dejan—. Antes te han llamado. Era un chico.

Ni reprimendas ni recetas mágicas de la felicidad salen de su boca esta vez. Conteniendo el aire, permanezco petrificada en una misma posición. La escena se solidifica, delineando los contornos del espacio entre el cuerpo de Blanca y el mío. «Un chico.»

—¿No dijo quién era?

Ella se ahueca el pelo con la palma de la mano. Dos mechones solitarios se enredan entre sus falanges, precipitándose al suelo con una danza serpenteante.

—Pues no lo sé. Néstor fue el que contestó, yo estaba duchándome.

«Un chico.»

Sin que pueda hacer nada para evitarlo, esa última imagen de Kenji —casi desnudo, escudriñándome con cuidado mientras yo desaparecía por el marco de la puerta de su apartamento— se proyecta en mi mente como un daguerrotipo.

«Un chico.»

domingo

No tengo el número de Kenji. No sé dónde nació, ni quiénes son sus padres, ni la razón por la cual desperdicia su juventud trabajando en un tugurio como el Dragón Fe. Solo sé que toca el bajo en un grupo cuyo nombre no logro recordar, que le gusta mirar las estrellas y que, si pudiera, huiría a Hungría. Eso, y lo que me cuentan las marcas rosas de sus brazos: que está solo, que está asustado, que –como yo– es un pájaro con las alas rotas. Y que, con toda probabilidad, me llamó ayer. No hay ninguna razón por la que cualquier otro chico estuviese interesado en hacerlo, a no ser que se tratase de una equivocación.

Aprovechando que Blanca está estudiando en casa de una amiga, que no puede acosarme con preguntas ni escudriñarme por el rabillo del ojo, cierro la puerta que da a la calle tras de mí, pegando un *post-it* rosa justo en el centro, por encima de la mirilla.

Voy al turco de la esquina con Mari, no me esperes para comer.

¿Quieres que te traiga palitos de mozzarella? ☺

V.

En mis invenciones, la figura de Mari ha alcanzado unas proporciones titánicas. Esa chica inventada estudia conmigo, come conmigo, es mi mejor amiga. Y me dio cobijo en su apartamento la noche en que no dormí en casa y Blanca se preocupó. En la realidad, su presunta existencia es la que me ayuda a sobrevivir al día a día, llenando los espacios de las calorías robadas con mentiras.

Saboreo mi manzana reineta mientras bajo la calle que me conduce al Dragón. Separo la piel con los bordes de mis dientes, masticándola lentamente, mezclándola con los sorbos mágicos de mi botella de agua. El hambre no tiene cabida en las paredes de mi estómago.

Cuando finalmente llego, sintiendo la respiración excesivamente pesada en mis pulmones, la fruta se ha convertido en un esqueleto del que sobresalen cuatro pepitas marrones y puntiagudas. Dejo que se escurran entre mis dedos mientras contemplo, durante un solo segundo, mi reflejo en el cristal. Más allá de mis labios, brillantes a causa del jugo, puedo ver a Kenji charlando animadamente mientras da sorbos a un refresco. Sonrío y enseguida me pongo seria otra vez. Como si estuviese prohibido. O como si, de algún modo, haya intuido lo que vendrá a continuación.

A medida que camino –como en un sueño– por el suelo de linóleo del bar, la columna verdinegra que tapaba el rostro del interlocutor de Kenji se desplaza en mi campo visual, dejando a la vista una imagen sorprendente, dolorosa y punzante. Mi cuerpo se detiene en un instante, cristalizándose entre el paragüero, recuerdo de unas vacaciones en Londres, y una máquina tragaperras estropeada.

Ojalá fuera una chica. Ojalá fuera la persona con la que me confundió Spikey aquella noche en la que mis entrañas se hicieron añicos. Pero es imposible. Reconocería ese pelo, negro como la pluma de un cuervo, incluso en mitad de la noche.

Néstor.

Y su presencia se hace más marcada cuando pronuncia mi nombre, sin mirarme. Kenji y él están hablando de mí con tanto interés que no se dan cuenta de que también estoy aquí. Me apoyo en la tragaperras, dejando que mi espalda se escurra lentamente por su superficie metálica hasta que mis rodillas rozan el suelo.

Dos rubios con aire de perdidos pasan por mi lado de repente y, entre el ruido y la confusión, solo puedo escuchar retazos de la conversación entre Kenji y Néstor.

«... la otra noche...»

«... cuidar de ella...»

«... complicado...»

«Lo prometiste.»

Mentiras. Mentiras. Mentiras.

El agua y la manzana dan vueltas centrifugadas en mi barriga, estallando finalmente como un enorme volcán, arrojando las cenizas de unos cuantos sentimientos por los poros de mi piel. En lo que dura un parpadeo, las dos partes de mi vida –aquella en la que me tratan como a una enferma y aquella en la que me limito a atrapar los momentos con la punta de mis dedos– se fusionan, creando una nueva realidad de contornos distorsionados.

Ya.

No.

Sé.

Quién.

Soy.

«... muy enferma...»

«Lo prometiste.»

«La navaja no era mía.»

Hay demasiadas palabras, todas danzando en mi cabeza al mismo tiempo, demasiada información. Intento ponerme en pie, pero las caderas no me responden. Un dolor penetrante, fugaz, me recorre los huesos desde el fémur hasta la columna, tiñendo mi visión del color de la leche. Y entonces la cobra se da la vuelta, y el blanco se convierte en verde.

–¿Vic...?

Hace ademán de caminar hacia mí. No lo dejo terminar.

–¡Aléjate de mí!

Mi voz se quiebra como el vaso de refresco del que bebía Kenji, súbitamente precipitado al vacío cuando él se pone en pie. Néstor nos mira por encima de sus cejas, apretando su llavero de Jack Skellington con energía. Mis tobillos se despiertan, dejando que mi columna se yerga.

—¿Qué?

Un afluente de chillidos sale de mi boca. Mi lengua se mueve a una velocidad asombrosa y yo no puedo parar.

—¡Tú y él! ¡Todo este tiempo! ¡Hablando de mí a mis espaldas!

—Victoria, deja que te explique...

Mi nombre en sus labios suena venenoso y violento. Suena como el pinchazo de la espina de una rosa.

—¡No tenías derecho! ¡Sabías que estaba enferma y no tenías derecho!

—Victoria...

Extiende un brazo, intentando agarrarme las muñecas. En las suyas brilla la cadena metálica que cuelga de sus brazaletes. Él puede tapar sus cicatrices y nadie se dará cuenta. Yo estoy desprotegida, vulnerable, desnuda ante él.

—¡No me toques!

Le pregunté lo que pensaba de mi cuerpo. Él sabía que soy anoréxica. Repasó mis costillas con sus yemas.

—¿Y qué es eso de la navaja? —continúo, sintiendo mis lagrimales arder. Néstor, analizándonos desde su silla de plástico, acaricia sus rodillas con nerviosismo—. ¿Cómo que no es tuya? ¡Dijiste...!

Finalmente lo consigue. Da un paso hacia mí y, pillándome desprevenida, acerca sus manos a las mías. Me flaquean las piernas cuando lo aparto de un empujón, pero lo hago. Su olor me da asco. Todo él me da asco y, sin embargo, atrae a una segunda parte de mí como el imán al hierro.

—Tengo que explicarte…

—¡No! ¡Tú no tienes que hacer nada! Solo déjame en paz, ¿vale?

Podría pegarle ahora, aquí mismo, si tuviese las fuerzas para pegar y si, al levantar la mano, no me olvidase ya de lo que quería hacer.

—¡Victoria, escúchame!

Sigue repitiendo mi nombre mientras sus mejillas pasan del beige al rojo. No puedo mirarlo. No quiero.

—Eres una mentira —afirmo con firmeza.

Los músculos de su frente se relajan paulatinamente.

—Yo… —comienza, pero luego se da cuenta de que no hay un modo de continuar. Dos lágrimas solitarias recorren mis pómulos, alimentando la rabia que crece en mi interior.

—No tienes respeto por nada. ¿Por qué lo haces, eh? ¿Por qué me subiste a tu casa el jueves? ¿Para luego contarle al novio de mi hermana que no pudimos acostarnos? ¡Eres patético! Y ahora decides llamarme por teléfono para seguir descubriendo mis síntomas.

—No, Victoria, yo…

—¡Yo no le cuento a Spikey lo rosas que están tus cicatrices! Ni le pido a Rosa que te eche un ojito por si se te va la mano con el cuchillo de las verduras.

—Yo no te llamé.

Me callo en una centésima de segundo. La ira y la vergüenza, unidas a un sentimiento febril un poco más difícil de definir, forman una ola en mi estómago. Una ola que se mueve y gira y explota.

—Ojalá nunca te hubiese conocido —deseo con los dientes apretados.

Me doy la vuelta antes de que él tenga tiempo de volver a tocarme. Me obligo a alejar de mí el dolor de mis articulaciones y corro hacia la puerta, oyendo los gritos de Kenji desaparecer muy lentamente, entre el gentío de la calle.

Más lágrimas ruedan por mis mejillas, congelándose al entrar en contacto con el gélido viento santiagués, cuando salgo del establecimiento entre temblores. Una chica joven, que hasta entonces había estado apoyada en la pared exterior del Dragón Fe, viene hacia mí, pitillo en mano.

—Disculpa —empieza en un tono grosero, aplastando la colilla de su cigarrillo con la suela desgastada de sus deportivas—, el camarero con el que estabas hablando...

—¡Puede irse al infierno! —chillo, soltando de golpe la marea que llevo dentro. Es agua manchada con chapapote. Es negra como la pez.

La muchacha sonríe, echándome el humo del tabaco a la cara.

—Veo que no soy la única que tiene razones para odiarlo, ¿eh?

Las lágrimas siguen bajando por mi mejilla. Girándome rápidamente sobre mis tobillos, busco el camino de vuelta a casa. La fumadora desconocida continúa riéndose, y la oigo en la distancia, hasta que, como todo lo demás, termina perdiéndose.

De pronto, las vendedoras ambulantes parecen gritar más alto al anunciar sus galletas de almendra. Las tapas de los bares huelen con más intensidad. Los escaparates de las tiendas de chucherías brillan más que nunca. Mucha más gente que de costumbre sale de las confiterías, con cruasanes recién hechos y pasteles de cabello de ángel entre sus dedos. Y donuts. Y napolitanas. Y milhojas. Y bombones.

Todos están aquí para hacerme daño. Todos se dan la vuelta y recorren mi grasa cuando paso por su lado. Me dirija a donde me dirija, a izquierda y derecha, hay pupilas atentas al temblor de mi barriga; hay bocas que murmuran los kilos que peso.

Hace mucho frío y el dolor de mis caderas no ha hecho más que aumentar. Los estudiantes salen de la Alameda en parejas, abrazados o agarrados de la mano, compartiendo piruletas y enseñándose mensajes de móvil. El semáforo delante de mí se pone en verde, haciendo que un cúmulo de transeúntes se arremoline a mi alrededor.

–*Porta Faxeira, pode pasar*... –dice la voz robótica. Solo que yo no obedezco. Me abro paso entre abrigos y fulares hasta encontrar un rinconcito seguro en una cafetería. Mi interior está recubierto de cubitos de hielo.

Me siento junto a la estufa y coloco los pies bajo ella. Necesito un té. Necesito algo caliente que venza al invierno.

–¿Qué desea tomar? –pregunta el camarero, pasando un trapo húmedo por mi mesa. En un lugar tan concurrido, mi soledad palpita, haciendo recaer todas las atenciones sobre mí.

–¿Qué tés tenéis? –pregunto.

–Té rojo, té verde, té negro, té a la vainilla, té con miel y té inglés –suelta de carrerilla, como si se lo hubiese estudiado a conciencia. Hace un tic con los ojos cuando añade–: Y luego tenemos infusiones de mentapoleo, manzanilla, hierbaluisa…

–Un té verde estaría bien, gracias.

Las paredes están decoradas con pósteres de capuchinos, cafés helados y batidos. En una vitrina, junto a mí, tienen expuestos gofres, churros, bollos de crema y cañas de chocolate. No puedo dejar de mirarlos.

–¿Quiere algo más?

A la señora a mi lado le sirven un trozo de bollo de azúcar. Un hombre trajeado sale con un café exprés y una caña envuelta en una bolsa. Una niña lame la nata del borde de su plato, dos mesas más allá. Detrás de mí, dos amigas muerden las galletas de canela que les han traído con el café. Crac. Crac. Crac. Son como ratoncitos.

«No. No. No. No quiero nada.»

–Un bollo de crema, por favor.

–Claro.

El camarero se da la vuelta antes de que pueda darme tiempo a retractarme. Ya no hay vuelta atrás.

«Zorra. Zorra. Zorra. Estúpida.»

Como una trampa, me ataca un sentimiento que ya creía olvidado. Es el hambre, claro. Estaba tan acostumbrada a ella que no me percataba de que estaba ahí. Ese vacío que nunca se llenaba me era completamente ajeno, me resultaba indiferente. Ahora, a modo de sorpresa, solo puedo pensar en ella. Haga lo que haga, no me libro de mis párpados, que se cierran solos, del aire que me falta al respirar, de mis articulaciones aletargadas, del cansancio. Me digo que me lo merezco, que puedo comer, que solo he tomado ochenta y cinco calorías a lo largo del día.

«Zorra. Zorra. Zorra. Estúpida.»

Quiero hacerme tanto daño como sea posible, porque no tengo suficiente con acordarme de Kenji.

La taza de té, demasiado humeante, es colocada junto al platillo sobre el que reposa el bollo, con su superficie cubierta de un brillante glaseado. Hay un pequeño tenedor y un cuchillo de postre entre él y la servilleta que chupa el exceso de azúcar.

«Solo voy a comer un mordisquito. Solo hasta que deje de marearme. Solo hasta que olvide las mentiras.»

Con movimientos temblorosos, corto el pastel en cruz. El aroma a crema es demasiado fuerte, demasiado intenso, demasiado… real. Mi cabeza dice «¡No!», y mi estómago dice «¡No!», y mi boca chilla «¡No, no, no!». Pero yo me llevo el tenedor a la boca de manera mecánica, casi impersonal, y mastico. El relleno, dulce y sedoso, se derrite en mi lengua, deslizándose muy lentamente por mi laringe. La textura es muy blanda; me acaricia las encías, recorre mi paladar. Pincho otro pedazo, mandando a Kenji a la mierda.

«Puedes permitírtelo. Eres fuerte y son solo ochenta calorías más.»

«Zorra. Zorra. Zorra. Estúpida.»

Como el tercer trozo, mojándolo en el líquido salado de mis lágrimas. Lo trituro con los dientes, deseando poder hacer lo mismo con los besos y los planes.

«No cenaré. Solo necesito un poco más; el combustible para llegar sana y salva a casa.»

Me termino el bollo con un bocado voraz y luego lamo el azúcar de las comisuras de mis labios.

Mi corazón se encoge. Mis tripas saltan y gritan. Mi barriga palpita, convulsionante. Mis entrañas prenden fuego y nadie se da cuenta; nadie corre a ayudarme mientras me convierto en cenizas.

«Trescientas ochenta y cinco calorías al día. No, cuatrocientas treinta. Cuatrocientas veinticinco. Cuatrocientas...»

Soy una muñeca rota; un juguete al que se le ha dado muy poca cuerda. Alguien debería cogerme, tirarme al contenedor y esperar a que las llamas del vertedero se me tragasen. Entonces, quizá, habría valido la pena. Porque no se me ocurre ninguna razón por la cual debería estar viva hoy. No en este mundo tejido de engaños.

Atravieso la cafetería como un relámpago, dejando que mi infusión se enfríe sobre la mesa. Una señora de abrigo de piel de camello me sonríe al salir del baño. Le giro la cara, cerrando la puerta con pestillo tras de mí. Suerte que la luz artificial de los fluorescentes me ciega. No quiero mirar.

En mis manos rueda el cuchillo, con su hoja chorreando crema amarilla y viscosa. Bajo la cremallera lateral de mi falda de forma automática, acerco el metal a la grasa de mis caderas y aprieto. El amarillo se vuelve rojo.

«Zorra. Zorra. Zorra. Zorra. Zorra. Zorra. Zorra. Zorra. Zorra. Zorra. Zorra.»

La sangre dibuja una línea serpenteante en mis piernas, completando su lúgubre mural sobre las baldosas del suelo. No me preocupo de limpiar los restos; solo aprieto y hundo los bordes afilados, trazando zetas y equis, hasta que las agujas de mi reloj indican que ha pasado el tiempo suficiente.

Dejando el arma a un lado, sencillamente olvidada bajo el lavabo, me abrocho la falda y me acuclillo junto al váter. El agua del fondo huele muy fuerte, reflejando mi rostro hinchado y sonrosado. Cojo aire antes de introducir los dedos índice y corazón en mi garganta. Sus paredes se rasgan con facilidad mientras busco desesperadamente el lugar exacto que hará que mi estómago se dé la vuelta sobre sí mismo. Lágrimas saladas y una papilla blancuzca caen al mismo tiempo, como tristes miembros de un pelotón de fusilamiento.

—¿Victoria?

El repiqueteo de las llaves contra la puerta de madera me delata. Mi hermana camina descalza por el pasillo hasta encontrarse conmigo, con mi mirada estrellada y mi iris velado. No dice nada, pero su cara lo dice todo.

—Supongo que a estas alturas Néstor te lo habrá contado —escupo una mezcla de odio y asco. Mi aliento sabe a vómito, al fantasma de la comida y a óxido.

—¿Néstor? ¿De qué hablas? Si yo acabo de llegar.

Saca su lupa invisible una vez más y, acercándola peligrosamente a mi pecho, trata de realizar un mapa detallado de mis sentimientos.

—Claro que, si te refieres a esto —continúa, comprendiendo. En su puño cerrado, en los huecos entre sus nudillos, reconozco el rosa chillón del *post-it* que escribí esta misma mañana, hace más de mil años–, sabía que no era cierto. Nunca lo es.

Es como si alguien hubiese retirado una película opaca de mis córneas. Aquello que antes percibía pero no podía ver con claridad se presenta ahora ante mí tan sincero, tan real, que casi sería capaz de tocarlo. Kenji, Blanca, Néstor, mamá... todos interpretan su papel en esta pieza deprimente. Y yo, la *prima ballerina*, permanezco incondicionalmente encadenada a la sala de ensayos.

–No soy la única que miente –protesto, saboreando cada sonido mientras dejo caer mi anorak sobre el respaldo del sofá. Se desploma extendido como un animal muerto.

–¿Eh?

Blanca finge no comprenderme y yo no puedo soportarlo. La lava deshace mis venas, asesina mis glóbulos, carboniza mis entrañas. La lava arrasa con todo.

–¿¡Realmente era necesario!? –me sorprendo chillando. Aprieto las manos con tanta fuerza que mis uñas se clavan en mis palmas como antes se habían clavado en mi campanilla–. ¿Pedirle a Kenji que se hiciese cargo de mí como si fuese mi niñera? ¡Pedirle que me quisiera!

Hay miedo en la expresión de Blanca. Quiere acercarse a mí y abrazarme, pero le doy miedo. Soy un volcán que podría entrar en erupción en cualquier momento.

–No... Victoria, lo has entendido todo al revés –musita despacio, aguantando la respiración. Los ronroneos de la mía, demasiado acelerada, nos abrazan como un reptil astuto y persuasivo.

—¡Lo he escuchado! —aúllo, alzando la voz. Los vecinos de arriba golpean nuestro techo dos veces. Doy dos patadas a la mesita de café, liberándome de mis botas—. ¡Lo he escuchado, maldita sea, lo he escuchado!

«... muy enferma...»

«Lo prometiste»

«... muy enferma...»

«Lo prometiste»

—No, no es eso. Cristian...

—¡Es un embustero! ¡Como Néstor, como tú, como todos! Pretendéis que confíe en vosotros, pero nunca me decís la verdad. ¡Llevo seis años sin escuchar una maldita palabra de la verdad!

No puedo dejar de soltar tacos. Como si fuesen una parte más oculta de mí —algún tipo de herencia del pasado—, son repetidos una vez, y otra, y otra más, hasta que pierden el significado. Son hostilidad en estado puro.

—Venga...

El modo en el que Blanca alarga la última a de ese «venga» despierta en mí un rencor que desconocía. Sus gestos y sus manías me llevan al límite de mi paciencia, como una carga demasiado pesada, y lo único que persigo es librarme, desembarazarme, de esa última molestia.

—Me estáis matando entre todos, ¿no te das cuenta? —afirmo con fragilidad—. ¡Me mataréis vosotros antes que la anorexia!

Mi hermana me sigue a través de las paredes verdes del pasillo, pero me encierro en mi habitación antes de que pueda atraparme. Acostada en la cama, arrugando mi edredón de flores, me pongo los cascos y subo el volumen al máximo, de modo que ya no escucho más que música… y, entre ella, en los espacios en silencio entre las canciones, resuena como un eco ineludible la voz de Kenji.

«La navaja no era mía.»

lunes

El teléfono suena por tercera vez en lo que va de mañana, pero sigue estando demasiado lejos para que pueda cogerlo. Estoy hecha un ovillo sobre mi cama, abrazándome a mis rodillas en un vago intento por recuperar parte de mi calor corporal. A mi lado, entre los peluches de mi infancia, descansan dos cajas abiertas cuyas leyendas rezan Dulcolaxo y Xenical. Hay pastillas por el suelo y pastillas en mi boca seca, estoy extremadamente cansada y la puerta de mi habitación sigue cerrada con llave. Podría desaparecer ahora mismo, evaporarme, y nadie se daría cuenta.

Blanca intentó hablar conmigo a través de la gruesa placa de madera que me separa del resto de la casa, pero fingí estar dormida. Me pidió perdón y me dijo que nunca le habían pedido a Kenji que me vigilara, que él simplemente estaba conmigo por voluntad propia, que no tenían ni idea de lo de la navaja, que me quería muchísimo. Continuó hablando y jurando hasta que su voz se quebró, y el reloj de cuco del salón dio las nueve y media y se fue a clase. No trató de convencerme de que hiciera lo mismo.

En la estancia vuelve a reinar el silencio. Intento descansar un poco, pero los continuos pinchazos de mis huesos me mantienen alerta. Llevo toda la noche con los ojos clavados en mi lámpara, observando cómo cambiaban los distintos tonos de negro y púrpura hasta que el sol se alzó y se convirtieron en blanco y amarillo.

Cinco pitidos rompen la tranquilidad de este día de invierno. Tras comprobar que no provienen de mis oídos, triturados por el recuerdo de la música neo punk de Kenji, hago un esfuerzo sobrehumano y estiro el brazo hasta la mesilla blanca, tirando accidentalmente mi cajita de música. Cuando descuelgo, la cabeza dorada de la bailarina rueda entre mis zapatillas y dos números atrasados de *Rolling Stone*.

–¿Victoria? –responde, antes de que yo pueda hacerlo, una voz conocida. Mi corazón se vuelve de hielo. No es Kenji, ni mi madre, ni uno de mis compañeros de facultad recordándome que el profesor de Francés quiere hablar conmigo. Es un fantasma, y los fantasmas no hablan–. ¡Vaya, por fin, esta es como la décima vez que te llamo! Al móvil, a casa, y nada. Creo que incluso te dejé un mensaje en Tuenti, pero estabas desaparecida.

Marcos. Marcos. Marcos. Marcos.

Su nombre se repite, como una letanía interminable, una y otra vez en mis pensamientos. Restringí sus llamadas en mi móvil, me cambié de correo electrónico y dejé de utilizar el Tuenti, pero finalmente ha conseguido darme caza.

Marcos.

Soy incapaz de contestar, porque mi pasado y mi futuro se funden en una única masa viscosa, dolorosa e inútil.

–He decidido tomarme un par de días libres –comenta, y casi puedo ver su sonrisa blanca y anchísima ante mí. Mis fosas nasales se impregnan del aroma de su perfume, el que le regalé por su decimoséptimo cumpleaños. Siento sus besos, sus caricias, sus abrazos y me duele. Me duele tanto que parece que vaya a rasgarme por la mitad–, y he pensado que tal vez podríamos quedar para tomar un café. Ya sabes, hablar.

Los químicos de los diuréticos se instalan en la punta de mi lengua, haciendo que gotee veneno y azufre.

–Creía que necesitábamos un tiempo –le reprocho. Él tampoco es sincero. Es como si todo el mundo se pusiese una máscara veneciana para hablar conmigo–, ¿o es que las irlandesas no son tan putas como pensabas?

–Va, Victoria, no frivolices. –Suspira desde el otro lado de la línea. Me lo imagino de espaldas a la ventana de su dormitorio, tamborileando los dedos contra la silla giratoria de su ordenador. Las formas de su apartamento son tan nítidas que me da la sensación de estar allí ahora–. Yo sigo queriéndote, pero las cosas ahora...

–Pues yo ya no te quiero –replico, solo que ya no sé si es cierto o no. Quiero al Marcos de catorce años, y al de quince, y al de dieciséis, y al de diecisiete. El de dieciocho y el de diecinueve me son indiferentes. El de veinte es el extraño que me ha llamado cuatro veces antes de comer. Estoy enamorada de lo que fuimos, pero lo que somos (lo que habríamos podido ser) me deja fría.

—Vale... pero podemos quedar al menos, ¿no? Como amigos. No quiero volver a Dublín sin haberte visto.

Él se encuentra en mi misma situación, amando las repeticiones de trescientos sesenta y cinco días que no volverán. No quiere verme a mí, sino a las cicatrices de mis muñecas. Como Kenji.

—¿Qué te parece en el Tokio? —propone, tratando de contagiarme con su energía de jugador de baloncesto. Imágenes en blanco y negro de partidos y besos robados en las gradas pasan delante de mis ojos en un segundo—. Tienen el mejor moka de todo Santiago.

La herida supurante de mis caderas da un latigazo. En el Tokio sirven bollos aderezados con crema y tristeza.

—¿Qué te parece en media hora?

La rabia que siento hacia mí misma me traiciona y pronuncio esa palabra, ese «sí» que encoge mis órganos digestivos y detiene mis latidos.

No me arreglo, como hacía antes, para ir a hablar con Marcos. Siento que, si lo hiciera, estaría traicionándome a mí misma; estaría dándole una oportunidad que no quiero barajar. Llevo el maquillaje corrido de ayer y el pelo anudado en la misma coleta que me hice antes de mi sesión nocturna de abdominales y sentadillas. El viento, que sopla con fuerza, es el encargado de peinar mi flequillo hacia delante, como solía llevarlo.

Lo curioso es que él sigue completamente igual, como si nunca se hubiera ido. Sigue vistiendo de Quicksilver y Billabong; su cabello permanece corto, rizado y negrísimo; sus ojos, oscuros como el universo. Y todavía se mete los pulgares en los bolsillos de sus vaqueros holgados, meciendo su cuerpo al ritmo de una música que sé que será de Eminem.

No me ve en un principio, a pesar de que lo saludo con gestos al otro lado de la calle, al final de la Alameda. Él está apoyado contra el semáforo en rojo de Porta Faxeira. Cuando cruzo, esquivando a un autobús y al camión de la pescadería, me coloco delante de él y chasco los dedos justo delante de la punta de su nariz.

–¡Eh! –exclamo, olvidando que ya no es mi novio, que hace meses que no lo veo, que es tan falso como los demás.

Él parpadea, echándose hacia atrás instintivamente.

–Oh, Victoria... –musita calmado, como si se hubiese despertado de un sueño muy largo– no te había reconocido.

Recorre mi cuerpo con la mirada una, dos, tres veces. Sé lo que va a decir antes de que lo haga, porque es lo que todo el mundo dice. Y porque lo conozco mejor que nadie en el mundo.

–Estás muy delgada, ¿cuánto pesas?

Es como si el cuchillo de postre estuviese atravesando mi ombligo. «Cuánto pesas? ¿Cuánto pesas? ¿Cuánto pesas?» La voz chillona de mis entrañas grita que demasiado. Mi voz real, la que sale de mi boca, suena mucho más relajada.

–¡Al diablo con lo que peso! ¿Qué hay de ese moka? Me has arrastrado hasta aquí solo para tomarlo.

Por un momento tan solo, sus labios se curvan en una sonrisa optimista. Colocando una mano detrás de mi espalda, Marcos me empuja al interior de la cafetería.

–Mejor un chocolate caliente –decide–. Cualquiera diría que en Irlanda hace más frío, pero Santiago es mil veces peor. Casi había olvidado lo mucho que pueden llegar a calársete los huesos.

No puedo dejar de mirar el escenario de mi tortura mientras nos sentamos en la única mesa vacía, la que está junto a la puertecita que conduce a los baños. En los pósteres brillan las mismas ilustraciones, en la vitrina se exhiben el mismo tipo de dulces e incluso diría que los clientes son los mismos. Cúmulos de sebo que se alimentan de grasa y beben azúcar líquido.

—¿A ti qué te apetece? —me pregunta, sacando su cartera de piel—. Invito yo.

—Un té rojo —contesto automáticamente, casi sin pensar—. Muy cargado y sin azúcar.

—Claro —bromea, acercándose a la barra—, ¿qué si no?

Y me abandona, dejándome a solas con la chica desorientada que refleja el servilletero. Una chica que desearía haber esparcido un poco de colorete sobre sus mejillas antes de salir de casa, o al menos haberse puesto un par de pendientes bonitos en lugar de las estrellas de plástico que compró en un bazar chino cuando tenía quince años.

Una taza de porcelana pintada se interpone entre ella y yo. Marcos se deja caer frente a mí, colocando su chocolate y un plato con cuatro churros *demasiado* cerca de mí. Cuando extiendo un brazo para apartarlos, me fijo en el tono marrón de mi bebida y en las dos galletas de canela situadas en el borde del platillo.

—Creo que te has equivocado —comento con frialdad—. Te he pedido claramente un té, y me parece que esto es café.

—Con leche, para ser más exactos —apostilla tranquilamente, mojando la punta oleosa de uno de sus churros en la superficie grumosa del chocolate—. No te he traído hasta aquí para que bebas agua hervida con hierbas.

—Ni yo he venido para que me digan qué es lo que debo comer. Ya hay una persona para eso, ¿sabes? Se llama Esther Castañeda y tiene cuarenta y dos años.

Mastica su desayuno parsimoniosamente, pasando su lengua sobre su labio inferior para aprovechar los últimos restos de azúcar. Aparto la vista, pero mire a donde mire solo hay comida.

—Sí, la conozco —continúa, sin alterar el tono—, y creo que estará de acuerdo conmigo en que has vuelto a adelgazar, ¿no?

—Eso a ti no te interesa —le recuerdo, moviendo la taza al centro de la mesa. Marcos la devuelve a mis manos—. Te fuiste.

—Sí, pero eso no significa que no me preocupe por ti —rebate, señalándome con un churro gordo y aceitado—. Todos lo hacemos. Vamos, no va a matarte. Solo son café y galletas. Ni siquiera se trata de un desayuno en condiciones.

—Es que ya he desayunado —miento. Con los dedos de la mano derecha hago trizas una servilleta; con los de la mano izquierda, acaricio el frío metal de mis llaves.

—Pues esto es el tentempié de media mañana. Si quieres demostrar que estás recuperada, cómetelo. No va a hacerte daño.

—Nadie ha dicho que esté recuperada —se me escapa. En el rostro de Marcos se dibuja una mueca triunfal.

–Bien, en ese caso no me moveré de aquí hasta que te lo termines. Tengo mucho tiempo para asegurarme de que lo haces.

Un sudor ardiente baja por mi espalda. La leche del café está empezando a cortarse, pero eso a Marcos le dará igual. Con la pupila sigo el movimiento ondulante de las burbujas que nacen y mueren en el líquido humeante. En mi cabeza bailan los números, las 350 calorías del bollo de ayer, las 200 del café y las galletas. Las voces de mi cabeza son más persistentes, más violentas.

«Zorra. Zorra. Niña estúpida.»

«Gorda. Asquerosa. Muslos de vaca.»

«La persona que nunca debió haber nacido.»

Cuando quiero darme cuenta, estoy llorando. Mi columna, curvada, se ve sometida a unas violentas convulsiones que rompen todas y cada una de sus vértebras.

–Por favor… no me obligues. Por favor…

Su mano suave acaricia la mía, rugosa. Su pulgar roza el hueso de mi muñeca, pero no baja hasta las cicatrices que dividen mis venas. Él no es Kenji. No sé por qué pienso en Kenji.

–Eh, estoy contigo. Solo es café. Puedes con ello. Has podido con cosas peores. No vas a pelearte por cien calorías más o menos.

–Doscientas –lo corrijo, mordiéndome el labio inferior.

Él arroja las dos galletas sobre el café, como a mí me gusta. Las veo flotar e hincharse, espolvoreando la canela por las paredes de la taza. Estoy deseando que se vayan a lo más hondo y no salgan de allí jamás.

–Las que sean. Eso es todo mentira; basura. Tú vales mucho más que todo eso.

Busco mi reflejo en la superficie reflectante de la mesa, eludiendo la regla número uno de la doctora Robles (¡No te mires al espejo!), pero no lo encuentro.

–Todos estamos hechos una mierda por ti –sigue Marcos, y me coge la mano–. Hazlo por nosotros, anda.

Por mucho que escuche, nadie dice una palabra de que lo haga por mí. Todos hablan de lo mismo, de que están preocupados por mí, y yo no puedo dejar de pensar que quien debe dar pasos adelante soy yo. Ellos no me dejan dar pasos; quieren que salte. Pero, si salto, me caigo de los bordes del mapa.

–Por favor –insiste–. No sabes cómo se viven las cosas en la otra cara de la moneda.

Estoy hecha un manojo de nervios. Mi cabeza dividida en dos lo comprende y lo odia, todo al mismo tiempo. A veces parece que vaya a estallar de tantos sentimientos contradictorios.

Quiero comer. No quiero comer.

Quiero ser una chica normal. Quiero perder cinco kilos.

Mis días son así.

–Por favor, Victoria.

Escudriño la bebida caliente, con las migas de las galletas formando los puntos y las comas de nuestra conversación, y me doy cuenta de que acabaré bebiéndomela; no va a desaparecer mágicamente de la taza. Esta certeza me da miedo.

–No vamos a volver –afirmo, creyéndome a mí misma–. Porque pertenecemos al pasado.

Marcos no me suelta la mano. Fuerza una sonrisa. Yo, introduciendo la cucharilla en el café, recojo la papilla de las galletas y la escondo bajo el platillo. Creo que él se da cuenta, aunque no dice nada.

–Sí, yo pensaba lo mismo. Te mereces encontrar a alguien que te quiera; que te comprenda mejor de lo que lo hago yo. Y me da igual que suene a tópico.

Yo también fuerzo una sonrisa, sorbiendo diez calorías.

–Pues debería ser alguien con el corazón disléxico –musito, aludiendo a la canción de Paul Westerberg que sonaba en el Dragón Fe la segunda vez que entré. Él no me oye.

martes

Un mensaje de texto me despierta antes de que pueda hacerlo la alarma, programada para las diez y media. Es solo una palabra, con mayúsculas y sin abreviaturas: Libertad. El remitente, lleno de promesas, es Tatiana. Por mucho que lo intente, no logro adivinar a qué se refiere. No hay nada realmente libre en los números de las calorías. Vienen sin pedir permiso, se instalan en tu cabeza y prosiguen su aquelarre infernal hasta que, finalmente, te dan caza. No hay nada más, nada heroico ni orgulloso, en el hecho de ser anoréxica. Libertad es una palabra que, ni siquiera en el caso del alta definitiva, tiene algún significado.

El *Skinny Love* de Bon Iver no tarda en sonar, rompiendo la mágica sencillez de la mañana. Mantengo el pulgar sobre el botón verde, sin pulsarlo, durante un par de segundos, notando el teléfono vibrar entre mis dedos. Cuando descuelgo, no sé qué decir. No he intercambiado palabra con nadie desde que Marcos me dejó en casa, después de haberse asegurado de que me terminaba un menú de dos platos y postre por el que pagó mucho más de lo que habría estado dispuesto a soltar en otro tiempo.

—¿Hola? —musito con desconfianza. Es como si, desde el otro lado de la línea, fuese a responder cualquier persona excepto mi amiga. El sonido del agua cayendo desde la casa del vecino me recuerda que el mundo sigue girando.

—¡Victoria!

Su voz sigue siendo igual, seria y profunda como los libros de Françoise Sagan que tanto le gustaban. Por increíble que parezca, nada ha cambiado.

—¿Lo has leído? ¿Has leído mi mensaje?

—¿Cómo no hacerlo? —digo, sorprendiéndome de que mi voz, al fin y al cabo, también sea la misma—. ¿Iba en serio? ¿Libertad?

Escucho sus respiraciones agitadas, como si le costase respirar. Sus inspiraciones y espiraciones se entremezclan con el zumbido de nuestro microondas, calentando la leche del desayuno de Blanca.

—Llevo en casa tres días —anuncia la chica—. En Santiago. Al fin he abandonado ese maldito hospital.

Las eses líquidas de Tatiana se me clavan en los oídos, haciéndome apretar los dientes con fuerza. Me duele horriblemente la cabeza.

—Eso no es libertad —no puedo evitar replicar. Ella no me hace caso.

—Claro que es libertad. Es lo más parecido a la libertad que conozco. —Se detiene durante un instante; luego prosigue, dulcificando el tono—: Creo que voy a volver al club.

—Eres demasiado mayor para volver al club —le recuerdo. Dejó de entrenar a los catorce años y ahora tiene veinte, pero se niega a verlo. Parece que le hayan dado pastillas contra la realidad.

—¡Me da igual! Yo voy a volver. Entrenaré a las niñas si hace falta. —Vuelve a callarse; toma aire—. Se ha acabado, Victoria, se ha acabado... estoy en mi cama, en mi habitación, y se está tan bien así... Ya había olvidado cómo olían mis sábanas.

Lenta, suavemente, una lágrima como una perla se desliza por mi mejilla. Yo tampoco recuerdo el aroma del jabón que utiliza mamá en Ferrol, el mismo que utilizaba cuando papá estaba en casa y éramos una familia normal con dos hijas sanas.

—Eso suena genial —admito, hundiendo la cara en la franela que recubre la almohada. El crujido de la puerta me avisa de que Blanca se ha ido.

—Es genial —confirma ella, recalcando esa primera palabra—. Ya sabes, no hay barrotes en mis ventanas y se ven los árboles... Deberías quedarte a dormir un fin de semana que te apetezca. Como cuando éramos niñas.

Mis comisuras, sin quererlo, se curvan en una sonrisa. Hace semanas que no veo el mar de Ferrol. El control de peso de la doctora Robles me mantiene encadenada a Santiago como una botella de whisky encadena a un alcohólico a la mesa de un bar.

—Sí, claro, pero necesitaríamos un milagro para que *Perro Guardián* Blanca dé su visto bueno. Las cosas en mi casa están un poco tensas, pero es demasiado largo de contar. Todo ha dado vueltas desde que salí del hospital.

—¿Vueltas? ¿En qué sentido?

—En todos los sentidos. —Casi escupo ese «todos». La felicidad de Tatiana me resulta tan ajena que me quema y mi cuerpo se retuerce de dolor—. Esto es una mierda, Tiana. Solo existe la comida. No hay ningún lugar al que pueda ir, o donde pueda estar, en el que no se hable de ello. Ya no puedo soportarlo más. Es una tortura y no puedo hablarlo con nadie. Todos me dicen lo mismo, que coma, y eso es precisamente lo que está pudriéndome por dentro. —Suspiro—. En fin, ¿qué hay de las demás? ¿Y Bely?

Tatiana tarda en contestar, como si estuviese midiendo las consecuencias de sus palabras. Ni siquiera ella es capaz de encontrar la manera de comunicarse conmigo. Estoy definitivamente sola.

—Aún le queda un tiempo —farfulla con lentitud—. No ha vuelto a bajar, pero sigue sin dar el peso. A veces vomita en los baños, cuando cree que no la ven…

—¿Maca? —pregunto. Por mi cabeza se cruza, como un rayo repentino, la imagen de su cuerpo abotargado como un cuervo friolero.

—Sigue escondiéndose comida en el pelo —dice Tatiana—, y yo juraría que está más delgada. Pero no importa. Están locas. Nosotras no somos como ellas.

Digiero el significado de su afirmación como una medicina y por mucho que lo intente, por mucho que me esfuerce, no logro encontrar una sola diferencia entre Maca y yo. Ella pesa treinta y siete kilos y yo casi diez más, pero eso es todo. Ambas vemos números y escuchamos voces; sufrimos y lloramos por lo mismo, perseguimos una causa común.

Estar ingresada o no no tiene nada que ver; eso es algo independiente. Ahora lo veo claro.

–Bueno, hablamos en otro momentito –continúa Tatiana, comprendiendo que no tiene mucho sentido seguir con la conversación–. Tengo que ir a desayunar. –Se le escapa una risita demasiado cándida, demasiado infantil–. ¿Lo oyes? Me voy a preparar un zumo de naranja y un tazón de cereales de los que a mí me gustan, de miel, y no voy a hacerlo porque nadie me obligue. Es tan solo cosa mía.

Intento decir algo, pero no encuentro cómo. Tatiana respira por última vez, apretando el botón rojo de finalizar llamada. Nuestra conversación desaparece, como si nunca hubiese tenido lugar, dejándome a solas con el silencio. Un día más, sigue haciendo demasiado frío.

Lo siguiente que recuerdo es un fuerte timbrazo, tan fuerte que parece que el cielo y la tierra vayan a separarse definitivamente. No sé cuándo me he quedado dormida, pero en mis manos, en el espacio entre mis dedos hinchados, descansa mi teléfono móvil. Todavía no he vuelto al menú de inicio, sino que la pantalla sigue reflejando el mensaje de Tatiana. Es un segundo cristalizado en el tiempo.

En la ventana, la misma que antes mostraba el lento despertar de la vida urbana, se dibujan calles y parques teñidos de verde y de dorado. Arriba, en el cielo, las nubes son púrpuras y violetas. Incluso los transeúntes parecen haber cambiado: se mueven ahora con más calma, con más detenimiento tal vez, como disfrutando, intentando alargar las últimas horas de sol. Eso es la tranquilidad de la que me ha hablado Tatiana, la sabiduría que se niega a tener cabida en mi vida.

El timbre vuelve a sonar. Todavía admirada por las luces y los matices de este atardecer de enero, camino descalza por el pasillo y me llevo el telefonillo a la oreja. La persona al otro lado es más rápida que yo y me interrumpe cuando apenas he comenzado a abrir la boca para coger aire.

—Victoria…

Al escuchar la voz de mi interlocutor, me llega el turno de cortar con la conversación.

—No quiero hablar contigo —afirmo, mordiéndome el labio inferior. La calma se convierte en dinamita.

—No necesito mucho tiempo —comienza Kenji desde abajo. No puedo evitar imaginármelo apoyado contra mi portal, con las sombras de los alféizares de las ventanas proyectadas en su rostro—. Solo tengo que explicarte… mereces que te explique todo lo que ha pasado.

Sus manos escondidas en los bolsillos de su sudadera; su barbilla ligeramente inclinada hacia el portero automático; su cuerpo encorvado hacia delante, trazando un arco con su espalda. La imagen es demasiado nítida.

—Adiós.

Mi despedida corta la escena con la facilidad con la que la navaja traspasó mi piel el día en que todo comenzó. Suspiro, arrastrando los pies hasta mi dormitorio en un camino que parece alargarse durante más de mil kilómetros. De repente, con tan solo pensar que apenas me separan dos pisos de él, es como si todo recobrara vida otra vez: ahí está, leyendo la revista *Rolling Stone* en la sala de espera del hospital; y ahora me toma de las muñecas junto a la marquesina, recorriendo la línea de mis cicatrices; conducimos bajo la luz de la luna, viendo las estrellas desplomarse del firmamento; atravesamos la ciudad a la velocidad del sonido, respirando juventud... Todo está aquí, en mi interior, hasta los mínimos detalles.

Come on skinny love just last the year...

Por segunda vez en lo que va de día, en el interior de los pantalones de mi pijama, vuelve a vibrar mi teléfono móvil. La libertad de Tatiana ha sido intercambiada por dos palabras: número desconocido. Miro alrededor, en las avenidas ya crepusculares, intentando encontrar una pista que me aleje de la realidad. Aprieto el botón verde, sin estar demasiado segura.

–No me cuelgues –dice él, atropellándose a sí mismo. Sintiendo que mis piernas se relajan, resbalo hasta acabar sentada en el suelo, con las piernas en cruz–. Sé que no tienes ninguna razón para escucharme, pero... joder, estoy llamándote desde una cabina pública y fuera llueve como en el diluvio universal. Eso significa que me importas, Victoria, me importas muchísimo. Nunca pretendí engañarte ni hacerte daño.

Las gotas golpean violentamente contra mi ventana, malgastando sus fuerzas haciendo ruido. El púrpura y el violeta se han convertido en distintos tonos de azul y gris; el verde y el dorado son ahora plata y negro. Y, pese a todo, es un atardecer tan hermoso...

–¿Qué piensas? –musita.

–Pienso que eres un cabrón.

—Lo soy —admite—. Pero estoy dispuesto a explicártelo todo, desde el día en que te salvé.

Un repentino pitido ahoga sus palabras. Como si viniese de muy lejos, lo oigo farfullar un «¡Mierda!» al que sigue una buena retahíla de muchos otros improperios. No sé por qué sigo escuchando. Debería volver a la cama o, mejor aún, debería coger mi cámara y dejarme impregnar de la belleza de esta ciudad pacífica y adormilada.

—O lo haría si tuviese más monedas. Oye, ábreme la puerta, por favor. No tengo por qué entrar en tu casa si no quieres. Puedo quedarme en el portal; podemos hablar a través de la puerta. —Expulsa aire por la boca y, aunque no puedo verlo, es como si sintiese su aliento cálido en mi nuca—. Solo dame una oportunidad, aunque te cueste creerme ahora. Todo en mi vida es un caos.

Me gustaría decirle que en la mía también, que lo comprendo, que aprecio su dramatismo. No hago nada. Solo lo escucho a través del teléfono y, cuando creo que estoy preparada, despego los labios.

—Ni siquiera sé quién eres.

—Lo sabrás —responde con rapidez—. Te lo diré. Solo te pido veinte minutos, nada más. Ábreme la puerta, anda. Si en veinte minutos no te convenzo, me iré a casa y te dejaré en paz, pero no puedo quedarme con la conciencia tranquila sabiendo que piensas que te he utilizado. Venga, solo veinte minutos…

Extrañamente, siento cómo crecen y se juntan en mí las ganas de tenerlo frente a frente, aunque solo sea para devolver sus excusas. En mi mente se entremezclan sus palabras («la navaja no era mía»), la mirada asustada de Néstor desde aquella silla en forma de huevo y el denso humo del cigarrillo de aquella muchacha a la salida del Dragón Fe, y, cogiendo todo eso, mascullo:

–Está bien.

Camino hacia el rellano, deteniéndome un segundo a observar mi reflejo en los cristales empañados. Mi imagen desdibujada, con las gotas de lluvia cayendo como lágrimas por mi rostro, parece casi hermosa. Una niña etérea, ligera como el aire.

El timbre vuelve a sonar. Abro la puerta que da a la calle con un dedo tembloroso, sintiendo cómo, de alguna manera, mi estómago se repliega sobre sí mismo. No recuerdo la última vez que me he llevado comida a la boca.

Como el tambor que anuncia la llegada de la guerra, oigo los pasos de Kenji subiendo las escaleras de tres en tres. Llama dos veces con los nudillos, conteniendo la respiración. Tragando saliva, giro el picaporte y tiro de él, pero no separo la cadena de seguridad. Solo diez centímetros de mí están en contacto con la cobra.

–Vaya, sí que te has tomado a rajatabla lo de las distancias –dice jadeando. Su pelo, que le cae sobre los ojos, está chorreando. Sus vaqueros y su sudadera, inusualmente pegados a su cuerpo, parecen pesar como el hierro.

–Un trato es un trato –admito.

–Así es –concede, con un movimiento fugaz de la nuca.

–Ahora vuelvo.

Voy al baño, cojo una toalla y se la tiendo por la ranura por la que se cuela el frío del invierno. Bajo sus pies, rodeando el *Welcome* de nuestro felpudo, se extiende un charco que él escudriña, nervioso.

–En primer lugar, y ahora estoy siendo completamente sincero contigo, quiero que sepas lo que siento. No quiero perderte, pero tampoco que sufras por mi culpa. Sé que no soy precisamente una buena compañía.

–Eso debería decidirlo yo, ¿no te parece? –escupo, sentándome con dificultad junto al marco. Mis rodillas se doblan en un ángulo imposible, haciendo estallar mis huesos, frágiles como el cristal.

Kenji me imita, buscando mi mirada.

–Me he preocupado por ti desde aquella tarde en el D. F. en que estabas rodeada de sangre. –Los músculos se me tensan. Él no parece notarlo–. No estoy muy seguro de qué significa esto, no puedo definirlo, pero es algo. Es todo lo que tengo. Desde entonces, no he podido sacarte de mi cabeza. –Se pasa la lengua por los labios mientras mueve los puños–. Hubo otra chica antes que tú –confiesa, moderando el tono con cuidado–. Aquí es donde comienza todo, porque yo no pude salvarla. Incluso cuando habría sacrificado cualquier cosa para hacerlo, no pude.

Repentinamente se detiene; sus dedos cayendo flácidos sobre sus pantorrillas flexionadas. En un instante, parece mucho más joven e inseguro; el tipo de persona que necesita que le tiendan una mano desesperadamente. Alguien como yo.

–No quería que fueras como esa chica –dice, disparando las palabras con fuerza. Hablar le duele demasiado–. Necesitaba saber que estabas bien; que había podido hacer más por ti que por ella. Por eso, cuando me enteré de que estabas ingresada en un hospital, me puse en contacto con Néstor y con tu hermana. No vinieron ellos a mí, ¿lo entiendes? Sino yo a ellos. Tenía que saber que tú sí ibas a recuperarte.

Cuando levanta la vista, el verde de sus ojos está rodeado por un cerco brillante y acuoso. Sus cejas tiemblan.

–Y entonces, después de que me contasen que te habían dado el alta, cuando ya había comenzado a olvidarte, apareciste en la tienda de tatuajes. Y me di cuenta de que, más allá de la persona que pudo haber muerto en el Dragón, eras auténtica. El tipo de chica que camina como una mujer y habla como un hombre. La que no da un céntimo por lo que piensen los demás. La que toma los segundos y los hace suyos. Total, que, sin planearlo, acabé decidiendo que quería estar a tu lado. Quería cuidarte y que tú no me dejaras. –Expulsa aire por la boca, sin saber muy bien qué hacer. Mi toalla está enrollada sobre sus hombros–. Puede parecer una locura, pero quiero cuidarte y que tú no me dejes.

Clava sus pupilas en mí, hipnotizándome. Su presencia, tímidamente, impregna cada centímetro cuadrado del descansillo.

–¿Y la navaja? –pregunto suavemente. Él relaja la tensión de sus comisuras, respirando con tanta pesadez que su pecho baja como una carga molesta de la que, al final, es capaz de librarse.

–Hubo una pelea en el Dragón antes de que llegaras –responde, concentrándose en el linóleo claro del portal. Su piel palidece al recordar–. Fue realmente un día de locos. Todo se solucionó sin necesidad de llamar a la pasma, pero el ambiente seguía siendo confuso cuando apareciste. Nos había dado tiempo a bajarle los humos al tipo que comenzó la pelea y poco más… La navaja era suya, pero mentí a todos para cubrirlo. Néstor, y ahora tú, sois los únicos que sabéis la verdad.

—¿Y por qué diablos cargaste con la culpa? —digo en voz muy baja. Siento que estaría rompiendo algo muy frágil de alzarla.

—Porque lo conozco muy bien —reconoce, asustándose de su propio pasado—. Él… es la causa por la cual no pude salvarla.

Boquea, como si estuviese preparándose para decir algo más, pero en el último momento se calla. Un silencio plácido crece entre nosotros, envolviéndonos con mimo. Sin darme cuenta siquiera, deslizo mis dedos por el suelo y rozo los suyos. No necesito nada más. Así se está bien, muy bien…

—Tú sabías que yo estaba enferma. —Hago una afirmación sobre lo que debería ser una pregunta. Kenji asiente con lentitud.

—Acabé sonsacándoselo a tu hermana.

—¿Y te dio igual? Tú lo sabías y, aun así, ¿no te importó?

—Sigue sin importarme —asegura, y ahora su expresión se endurece—. Es solo una imperfección tuya, como mis cicatrices. La anorexia forma parte de ti, de tu historia. Donde los demás solo ven debilidad, yo veo fuerza, porque has estado luchando contra ella durante mucho tiempo.

Ojalá pudiera darle la razón, decirle que cada mañana le gano la batalla a las voces de mi cabeza y me lleno un tazón de cereales, que estoy esforzándome por perfilar la imagen que muestra el espejo, que cada día soy un poquito más consciente de los límites a los que me arrastra el hambre. Ojalá realmente hubiese fuerza en el hambre.

Poniéndome en pie, descorro la cadena y abro la puerta. No hay nada poco sensato que no pueda hacer ahora.

Kenji entra con un par de pasos inseguros, llenando mi casa de él. Siendo consciente de que ya no podré librarme de su mirada ni de su olor, cierro la puerta detrás de nosotros.

–No quería sentirme culpable si cogías una pulmonía –me explico.

Él arrastra los pies hacia mí mientras, con la suavidad de una mariposa, la toalla se escurre de sus hombros. Cae como una masa informe en el espacio, cada vez más reducido, entre su cuerpo y el mío.

–Tú siempre tan considerada. –Sonríe–. Eso es precisamente lo que ha hecho que me gustes tanto.

Eludo el significado de esas palabras, tan llenas de promesas, en el momento en el que Kenji entrelaza sus dedos húmedos con los míos.

–Eres un misterio –susurro, sintiendo que mis rodillas pierden su fuerza y se fragmentan. Mis pies ya no tocan el suelo; las puntas de mis zapatillas luchan por mantener el equilibrio sobre las botas de motero de Kenji, que acaricia la línea de mi espalda con tanta calidez–. Es como si siempre estuvieras rodeado de humo.

Sus ojos de serpiente resbalan por mi piel, erizando el lanugo de mi nuca.

–Lo sé –murmura acercando sus labios a los míos de modo que puedo respirar el dióxido de carbono que sale de su boca–. Yo tampoco puedo verme con claridad. Pero sé algo. Sé que me gusta esto. Ahora.

–¿Esto? –Arrugo la nariz. La corriente que entra por la rendija de la ventana cierra la puerta detrás de nosotros–. ¿El qué? Esto no es nada.

Sus labios sellan mi cuello, marcándolo con el aroma a chicles de cola de su aliento. Sus manos bajan por mi espalda, atrapando la tira elástica de mis braguitas.

–Claro que sí. Esto es calor, es sol, es intimidad. Esto es todo.

«Todo…»

Su voz de Kurt Cobain se instala en lo más profundo de mis oídos, reproduciéndose como el mantra *Hare Krishna* que mi madre canta antes de irse a dormir. Él es eso. El mantra que hace dormir a las órdenes desesperadas de mi cabeza.

–¿Quién era esa chica, Kenji? La chica de la que me hablaste…

Los músculos del chico se atenazan; puedo sentirlos endurecerse bajo el forro de felpa de su sudadera. Pienso en la muchacha fumadora a la salida del D. F., en las nubes rizadas de su cigarrillo ocultando los secretos de Kenji.

–Ella… –Se aclara la garganta. De pronto me ha soltado y su cuerpo cae flácido contra la pared. Me agacho a su lado; aprieto sus nudillos. Está temblando–. Ella es alguien a quien quise mucho. Alguien que ni se parece a ti ni tiene tu fuerza. –Me dirige una mirada furtiva que dice mucho más de lo que sus sentencias expresan–. Ella… ella… ella son mis cicatrices. Ella…

Una lágrima como una uva se desliza por sus mejillas, rodeando los hoyuelos que han creado sus labios demasiado estirados.

—Eh, está bien —le aseguro, apoyando mi cabeza sobre sus hombros convulsionantes—. No tienes por qué añadir nada más.

—Algún día te lo contaré todo —dice—. Te lo juro.

—Está bien —repito. Ahora soy yo la que acaricia sus heridas, siguiendo los dibujos trazados por su cuchilla de afeitar, por unas tijeras demasiado afiladas, por el cuchillo de cortar la carne... por su odio, por su dolor, por su vida—. A mí también me gusta esto —admito—. Se siente como si nunca tuviera que fingir. Se siente bonito. —Cojo aire. Kenji me mira; sus músculos súbitamente relajados—. Me encanta esto.

—Puede ser así siempre —afirma, y su voz me llega sorprendentemente clara—. Podemos adueñarnos de todos los momentos. Podemos moldear el universo.

—No —niego, alzando la barbilla hacia él—. Seremos el universo. Nada podrá dañarnos si nos mantenemos allá arriba.

Él sonríe. Yo sonrío. Nuestros labios vuelven a juntarse, como si fuese natural para ellos mantenerse tan cerca.

En mi casa solo está Kenji. En mi cerebro solo está Kenji. Y yo no necesito nada más.

Aquí, ahora, somos un universo.

miércoles, mañana

Aunque Kenji ya se ha ido, en mi piel continúan marcados como tatuajes los fantasmas de sus abrazos. Sus besos y sus caricias, el tono de su voz, todo aquello que en la noche parecía tan limpio y tan claro, ahora, bajo la cegadora luz del sol, toma otro cariz. Y él no está aquí para repetirme que lo nuestro es real.

Entre mis manos aprieto el *post-it* azul en el que, con su caligrafía pequeña y apretada, ha escrito las palabras de su despedida.

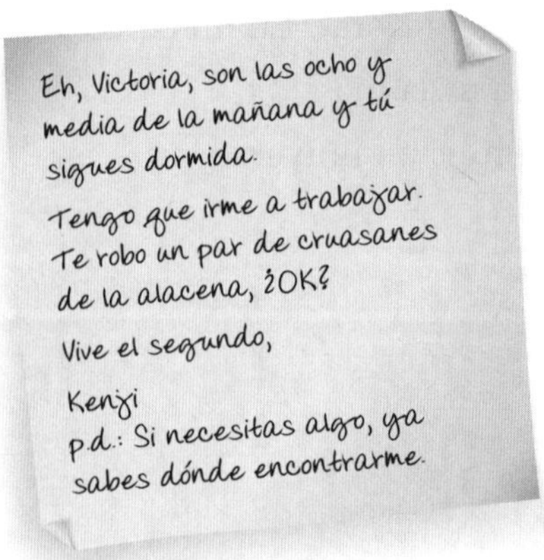

Eso, junto con la toalla que intenta secarse en la ventana de mi habitación, es todo lo que tengo de él hoy. E incluso ahí habita la comida, disfrazada de una broma y una sonrisa suave.

–Me voy a la facultad –anuncia Blanca, a gritos–. Nos vemos a la hora de comer.

El portazo que da al salir completa sus palabras, y añade los puñales afilados que flotan en su cabeza.

«Tú también deberías mover el culo e ir a clase, para variar.»

«¡No te olvides de desayunar, que te conozco!»

Solo que elijo no obedecer sus órdenes invisibles. Acuclillándome sobre unas sábanas a topos que todavía huelen a hombre, pulso el botón verde de llamada de mi teléfono móvil. En la pantalla brilla un número con prefijo de Santiago: el del Dragón Fe. Y, mientras escucho el monótono *tuu tuu tuut* del otro lado de la línea, rezo a un dios en el que no creo para que Kenji no conteste esta vez. Hoy mis pensamientos están mucho más enredados que nunca y necesito hablar con Spikey con desesperación.

–¿Sí? –responden distraídamente, en un tono demasiado bajo como para poder determinar a quién pertenece–. Aquí el D. F., ¿llama por un encargo o necesita alquilar el local? Nuestros precios…

–¡Spikey! –le chillo, evitando hacer alguna mención especial a su uso del usted, que tan poco corresponde con la estética rockera y sombría del bar.

–¡Bobby Burns! –exclama él, abandonando toda formalidad. A lo lejos, muy ahogadamente, se oye hablar a una mujer. Supongo que será Rosa–. Kenji está en la cocina, ¿quieres que…?

–¡No! –lo interrumpo, alisando la nota que me dejó Kenji con dos dedos–. Quiero hablar contigo.

Me sorprendo de la determinación de mi voz. En mi cerebro, como las fotografías de un álbum de recortes, vuelan y se almacenan las imágenes de aquella joven fumadora a las puertas del Dragón. Hubo otra chica. Alguien a quien Kenji no pudo salvar. La persona con la que Spikey me confundió cuando llamé aquella noche.

–¿Conmigo? ¿Estás segura? –se extraña. Suspiro. No tengo tiempo para titubeos.

–Necesito que me ayudes a encontrar a una persona.

–¿Como si fuera un investigador privado? –se burla. Casi puedo ver su sonrisa de medio lado ante mí, acompañada del característico peinado de punta al que le debe el mote–. No creo que sea capaz…

Pero yo sí lo soy. Estoy dispuesta a todo con tal de conocer la verdad.

–Tú la conoces. Es una chica. –Trago saliva, poniéndome en pie instintivamente. La mirada se me nubla durante una fracción de segundo. Es como si mis rodillas ya no pudiesen soportar el peso asfixiante de mi cuerpo–. La chica que llama siempre a Kenji.

Como si estuviese asomándose al filo de un acantilado, Spikey contiene la respiración. Por un instante, desde su lado del teléfono solo se escuchan los ruidos de las copas y los vasos contra las mesas, junto con los acordes de una canción de Poison Idea.

—¿Cómo…? ¿Cómo sabes tú…?

—Él me lo contó todo —afirmo, rápida como una exhalación—. Necesito hablar con ella.

—No lo hagas —me ruega él, bajando la voz. Deduzco que Kenji no debe de estar muy lejos—. En serio, tía, no lo hagas. Quizá no te hayas dado cuenta aún, pero es un tema muy delicado. Si te pones en contacto con Laura… podrías hacerle mucho daño a Kenji, ¿lo comprendes?

Laura. La chica a la que no pudo salvar, la que se dibujaba en los bordes redondos de sus lágrimas.

—Él prometió contarme toda la verdad, pero solo lo hizo a medias. —Doy vueltas en círculos, buscando la salida más rápida en esta carrera a contrarreloj—. Mira, sé que para él es difícil hablar de estas cosas y comprendo que tú quieras protegerlo, pero tengo derecho a conocer todos los detalles. Ella, Laura, fue muy importante en el pasado de Kenji e incluso ahora sigue haciéndole daño. —Expulso aire por la boca; me ahueco el pelo con la mano izquierda. Estoy peleando contra una pared y ni siquiera estoy muy segura de cuáles son mis armas—. Me creas o no, la conocí el otro día, a la salida del Dragón. Estaba allí, esperando a Kenji, y habló conmigo. Esa chica lo odia con toda su alma y tengo que saber por qué.

Las palabras de Kenji se repiten como un eco insaciable, clavándose directamente en mis entrañas.

«Yo no pude salvarla. Incluso cuando habría sacrificado cualquier cosa para hacerlo, no pude.»

«Habría sacrificado cualquier cosa… cualquier cosa.»

—Si no me dices dónde puedo encontrarla —continúo con cuidado—, lo averiguaré por mis propios métodos. Me pasaré todo el día delante del bar si hace falta, pero no voy a quedarme con las dudas. Quiero saber por qué ella lo odia tanto; por qué él se tortura por lo que hizo. Creo que es algo que también me afecta a mí.

Casi puedo ver los engranajes del cerebro de Spikey tratando de decidir cuál es la solución intermedia, aquella mediante la cual nadie sale herido. Mis propios engranajes trabajan en lo mismo sin llegar a decantarse por nada.

–Está bien –se rinde, suspirando–. Te daré una dirección.

–Muchas gracias, Spikey.

Cuando vuelve a hablar, su tono no es el mismo. Se ha endurecido como nunca lo habría imaginado en él.

–Pero con tres condiciones. Número uno: no le dirás a Kenji que yo te he dado esa dirección. Número dos: tampoco se lo dirás a Laura. Número tres: después de hoy, nunca más volverás a esa casa.

Tengo que consultar Google Maps tres veces y caminar durante más de cuarenta y cinco minutos, dejando atrás la estación de autobuses y adentrándome en las afueras de la ciudad, hasta dar con la dirección que me proporcionó Spikey. Cuando finalmente llego, escudriño la fachada gris del bloque de edificios tres veces. Esperándome, como una trampa ineludible, están la precariedad y la modestia, pero también otros conceptos un poco más difíciles de definir.

Una mujer vestida con un delantal a cuadros friega las baldosas verdes del portal, abierto de par en par. A lo lejos, unos niños juegan, entre risas. Se oyen gritos desde los pisos inferiores, mezclados con la sintonía de entrada del telediario nacional. Es como si alguien hubiese recortado un pedacito de mundo y lo hubiese metido aquí, haciendo fuerza para que cupiese en su totalidad.

—Buenos días.

La limpiadora, seguramente demasiado concentrada en el programa de bromas telefónicas de su radio, no me devuelve el saludo. La mayoría de los buzones están pintados o reventados. Esquivando las zonas mojadas del suelo, subo las escaleras de dos en dos hasta el tercer piso.

Me detengo para tomar aire junto a la puerta, con la madera estropeada y el número torcido, de pronto envuelta por un silencio casi irreal. El timbre no funciona, así que llamo con los nudillos, exactamente igual que Kenji hizo ayer.

Desde el interior de la casa oigo, muy claramente, un «¡Joder!» acompañado de un par de pasos acelerados. En lo que dura un parpadeo, la puerta se abre y me encuentro de nuevo con la mirada oscura y agresiva de la muchacha. La Laura de Kenji.

—Vaya, mira a quién tenemos aquí. —Sonríe al verme, entornando los ojos con malicia.

Lleva puesta una camiseta de *La naranja mecánica* tres tallas más grande. Tiene las piernas y las mejillas manchadas de pintura acrílica. Su pelo, largo y encrespado, está anudado a su nuca mediante un pincel para acuarela.

—¿Quién lo diría? —continúa, apoyando los pies descalzos contra el marco. Intento descubrir cómo es el interior del apartamento, pero ella, que se da cuenta de mis intenciones, tapa mi campo visual—. Pero ¡si es la amiguita de Cristian!

Cristian. Automáticamente pienso en el Dragón Fe y comprendo que Kenji no debía de estar trabajando allí cuando la conoció. No lo llamaban por su apodo entonces.

—De él quería hablarte —empiezo, sin estar muy segura de cómo continuar. Quizá no haya un modo correcto de hacerlo.

Los labios de Laura pronto se tensan, describiendo una perfecta línea recta. Sus cejas, antes alzadas, se bajan inmediatamente, ensombreciendo aún más sus ojos marrones. Un marrón que carece de la calidez natural de este color.

—¿Ah, sí? —escupe. Las aletas de su nariz tiemblan, ensanchándose—. ¿Vienes a traerme el dinero?

La violencia de sus gestos hace que dé dos pasos hacia atrás, intimidada. Laura extiende un brazo hacia mí, como si esperase que fuera a depositar un fajo de billetes sobre la palma abierta de su mano.

—¿El dinero? —repito, abrazándome a mi fular. La muchacha bufa, reduciendo las distancias entre nosotras.

—¡Sí, el dinero! —aúlla con irritabilidad—. El muy cabrón debía habérmelo dado hace ya dos semanas.

—Yo no… —intento explicarme, pero luego me doy cuenta de que no sé cómo seguir. Montañas de interrogantes vuelven a agolparse ante la imagen de Kenji y por una vez tengo miedo de desvelarlos. No puedo actuar como si fuese la única que contase ahora.

—Mira, niña bonita —me dice Laura, soltándose el cabello de un manotazo. El pincel cae junto a sus dedos, repiqueteando con una melodía infernal—, no sé qué haces aquí y, sinceramente, me importa un bledo. Pero hazme el favor de decirle a Cristian que me dé el dinero de una puta vez. ¿Quiere desentenderse de todo? Me parece estupendo, pero ¡yo no puedo cuidarlo sin pasta!

Como si fuese una pantera a punto de saltar, todo su cuerpo tiembla. Los oídos me pitan y ya no quiero seguir escuchando. Spikey no va a tener que repetirme la condición número tres: no pienso volver a poner un pie en este lugar.

–Lo siento, tengo que irme… –farfullo en voz muy baja, escondiendo la boca en el suave cuello de mi jersey.

–¡Eso! –brama Laura–. ¡Eso, lárgate! ¡Haz como él!

Sus gritos se alargan en el tiempo hasta que, como si súbitamente se hubiese quedado afónica, se calla. Incluso entonces, rodeada de dudas y penumbra, mientras bajo las calles estrechas y empinadas, sigo escuchando una única palabra: cuidarlo.

«Cuidarlo. Cuidarlo. Cuidarlo. Cuidarlo.»

–Joder, Kenji –me sorprendo murmurando, comprendiendo la verdad acerca de su pasado. Imágenes de embarazos y bebés y abandonos se dan cita en mi cabeza *en una milésima de segundo*–. ¡Joder, Kenji, qué gilipollas eres!

miércoles, tarde

Es la primera vez que veo el Dragón Fe tan lleno. Hay personas agolpadas en las mesas y en la barra, con los ojos clavados en algún lugar a la izquierda del escenario. Lo extraño es que, por mucho que me acerque, no logro escuchar ningún tipo de música. Ni los acordes del grupo de Kenji ni la selección grunge y punk de Grasa, solo un silencio en el que flotan, como entes de otra dimensión, murmullos asustados y una voz ronca y varonil.

–¡Maldito cabrón! –es lo primero que oigo, y, movida por un sentimiento de miedo y curiosidad, me abro paso entre la marea de cuerpos hasta acercarme al epicentro de la disputa.

Un hombre alto de brazos cortos y rechonchos grita, revolviéndose en el interior de su vieja camiseta, salpicada de manchas de aceite y de sudor. A ambos lados, Spikey y el batería de pelo azul lo agarran, manteniéndolo a raya. Frente a él, recibiendo su retahíla de insultos, Kenji. Su rostro lívido, casi enfermizo, mantiene inmutable una expresión de serenidad. Es como si estuviese fuera de este mundo.

—Vete a casa —recomienda con parsimonia. Sus pupilas están clavadas en las de su agresor con firmeza, construyendo un vínculo indestructible entre ellos. Rosa, saliendo de la cocina, se apresura a echar a los mirones. Nadie se fija en mí—. Laura debe de estar preocupada.

Doy un respingo al recordar a la chica; sus ojos fríos y cortantes como un cubito de hielo. El hombretón da un repentino paso adelante, arrojando a Spikey al suelo. Mientras, el otro camarero, con la cara roja del forcejeo, lo mantiene inmóvil con dificultad.

—¡A la mierda con ella! ¡A la mierda contigo! ¡Volveré a casa cuando me des el dinero, *hijoputa*!

Un fuerte olor a alcohol destilado impregna cada centímetro del Dragón. Dirijo una mirada fugaz al suelo de linóleo. Allí, entre los manojos de piernas y patas de sillas, se disponen desordenadamente los añicos de una botella de whisky. Su contenido, oscuro y pegajoso, serpentea entre las zapatillas de deporte del hombre y las botas de Kenji como la sangre.

—¡El dinero! —repite, como un disco rayado—. ¿Dónde tienes el dinero, jodido...?

—Todavía no he cobrado —aclara Kenji, manteniendo su impasibilidad. Spikey, de nuevo en pie, trata de calmar al otro, en vano—. Os lo daré en cuanto lo tenga.

Manchas de aceite, insatisfecho, vuelve a encaminarse hacia el joven. Rosa se une a Spikey y al batería, agarrándolo por el cuello gris de su camiseta.

—¡Mientes! —ruge, escupiendo rabia y violencia—. ¡Quieres acabar conmigo como lo hiciste con ella, condenado niñato!

Ella. Laura. Las piezas del puzle de mi cabeza, lejos de formar una imagen nítida, se alejan cada vez más. Kenji prometió contármelo todo, pero la realidad es mucho más imperfecta, mucho más dolorosa, mucho más oscura de lo que las palabras podrían precisar.

—Vamos. Cálmate, amigo, ¿quieres? —farfulla el batería, pasando el antebrazo por detrás de la espalda del hombre. Kenji, inmóvil como una estatua, aprieta los nudillos, de pronto amarillentos. Parece que vaya a caerse con el primer soplo de aire.

—¿Qué has hecho con el dinero del mes pasado, de todos modos? —masculla fríamente. Sus ojos, que ya no miran nada, no se separan del creciente agujero de sus vaqueros, a la altura de la rodilla—. Debería haberos durado hasta ahora. —Una mueca sombría, una aproximación de una sonrisa, se dibuja en su rostro—. Ya veo —murmura después, como si se hubiese iluminado una sección tenebrosa de su cerebro—. Te lo has gastado todo en bebida, ¿no? No sé por qué no me sorprende.

Súbitamente, el tiempo corre más deprisa. Hace una milésima de segundo, la escena se mantenía petrificada en una posición en la que Kenji alzaba las cejas con odio, mientras que su adversario rechinaba los dientes, todavía inmovilizado. Ahora, con solo un crujido como aviso, los tres camareros tratan de erguirse. *Manchas de aceite*, Kenji y un taburete forman un sándwich en el que el muchacho es el relleno. El whisky se ha teñido de rojo.

–Te crees con derecho a decirme lo que tengo que hacer, ¿verdad? –brama el hombre; sus piernas anchas y pesadas sobre el pecho de Kenji–. ¡Siempre pensando que eres superior a los demás! ¡Pues estás hecho del mismo saco de mierda que yo!

Su puñetazo marca el signo de exclamación de la frase. El pómulo del chico rebota contra el taburete con un chasquido sordo. El Dragón Fe contiene la respiración; nadie se mueve ni un milímetro.

–¡Dame mi maldito dinero, *hijoputa*!

La voz de Kenji, resurgida de sus cenizas, marca un punto de inflexión en el nerviosismo sostenido de la sala. A lo lejos, alguien se atreve a llamar a la policía.

–Ya te he dicho que no lo tengo.

–¡Pues devuélveme mi navaja! –continúa el otro, colocando el codo sobre el cuello de Kenji. La mirada se me nubla. Los oídos empiezan a pitarme.

La navaja. Observo al agresor como si se hubiesen perfilado los contornos de su cuerpo. Así que es él, el tío al que Kenji ha estado cubriendo durante todo este tiempo. Aunque no se lo merezca, aunque esté hecho de lava y veneno, es la única razón por la que el muchacho y yo nos conocemos.

–Se perdió. No puedo…

–¡Devuélve…!

Un rugido metálico divide la estampa en dos. Grasa, todo lo ancho que es, se interpone entre Kenji y el hombretón. En las palmas de sus manos abiertas, bajo la luz tintineante de las bombillas del techo, veo un manojo de billetes que el segundo rápidamente toma, guardándoselo en los bolsillos. Cuento seiscientos euros, tal vez más.

–Cógelo y lárgate –insiste Grasa una y otra vez, como una macabra letanía satánica. Lo repite y lo repite, achinando sus ojos acuosos, hasta que *Manchas de aceite* se levanta, señalando a Kenji por última vez.

–Esto no va a quedarse así –afirma, caminando vacilantemente–. ¡Tú fuiste el culpable, el único culpable! No vas a olvidarlo en tu vida.

Pero finalmente se va, y todas las atenciones se centran en Kenji. Ni siquiera Rosa tiene fuerzas para intentar alejar a los curiosos. Decenas de pares de ojos se fijan en un único punto, desdibujado.

–Tú, a la cocina –ordena Grasa, ayudando a Kenji a levantarse. Aunque dos brillantes regueros escarlata recorren su barbilla y su mejilla derecha, intenta zafarse de las manazas seguras de su jefe y se tambalea más allá de la barra–. ¿Estás sorda, muñeca? –muge Grasa, mientras Spikey desaparece junto con el herido.

Parpadeo, y el bar en pleno vuelca su atención sobre mí. Había olvidado que formaba parte del atento cúmulo de espectadores y que, por lo tanto, podía ser vista del mismo modo que podía ver. Había olvidado que el mundo no es una pantalla que simplemente puedas observar.

–O vas con Kenji o te marchas, pero no puedes quedarte ahí varada como un pasmarote –precisa Grasa, analizándome al detalle.

Aunque las dudas no se despejan de mi mente, sigo adelante. Coloco un pie delante del otro, sintiendo que están hechos de latón, y camino entre los cuerpos de Rosa y el batería, rodeada de un silencio que duele.

—Buena chica —creo que dice Grasa, pero no puedo estar segura. La confusión es demasiado grande.

Al entrar en la minúscula cocina del bar, tenuemente iluminada por unos fluorescentes medio fundidos, me sorprendo buscando en este nuevo Kenji —sangriento y desorientado— alguna similitud con aquel chico que me tomó de las muñecas a la salida de la tienda de tatuajes. Sus pecas siguen estando ahí, y también su cicatriz en forma de flecha y ese hueco entre los dientes; todo lo demás, sin embargo, es singularmente diferente. Ni él ni yo somos los mismos. Hemos dado pasos, hemos avanzado, y nuestros defectos también.

—La policía no tardará en llegar —comenta Grasa, pasándole un polvoriento botiquín de primeros auxilios a Spikey, que separa un paño de cocina de la nariz de Kenji. Borbotones de un líquido violáceo y viscoso salpican las mangas de su camiseta—. La pregunta ahora es: ¿quieres que llame también a una ambulancia? No tienes muy buen aspecto.

—No seas ridículo —protesta el chico, su voz insólitamente gangosa. Rosa y el batería, de pie en torno a él, dejan escapar un par de suspiros. Grasa no vuelve a tocar el tema.

—Muy bien, sigues siendo terco como una mula. Spikey, ya sabes qué hacer. Los demás, ¡a trabajar! Quiero que este antro sea tan respetable como de costumbre.

—Claro —ironiza el batería, pasando dos dedos por su pelo teñido—, tratemos a la pasma como se merece.

Kenji expulsa una mezcla de sangre y saliva en una esquina. Nadie se detiene a limpiarlo.

—¡Y sin protestar!

Finalmente, incluso Grasa se va. Nos quedamos solos Kenji, Spikey y yo, respirando en medio de una nada hecha de incomodidad y tensión. Por primera vez, lo miro y mis sentimientos se mueren en mis labios. No puedo reprocharle nada, pero puedo reprochárselo todo.

—Siento que hayas tenido que ver eso —susurra, mientras Spikey pasa un algodón empapado en desinfectante sobre la herida alargada de su pómulo—. Sé que no ha sido divertido.

—¿Qué más da? —me exaspero con un tono que no se parece al mío, tomando una silla con la pata coja para poder sentarme a su lado. Es como si, de repente, no pudiese preocuparme por nada más. Ni mi hermana que me quiere hasta odiarme, ni mi madre que me descuida en su intento por protegerme, ni mi padre que finge estar ahí por medio de Internet, ni las sentencias vacías de la doctora Robles tienen algún sentido ahora. Ha venido un tsunami y se lo ha llevado todo y yo, al fin, puedo beneficiarme de la destrucción. Mi cuerpo es un asunto de segunda fila ahora.

—Oye —continúa, clavando la mirada de la cobra sobre mí—. Siento mucho haberte mentido, incluso cuando prometí que no lo haría. —Da un respingo cuando Spikey presiona agua oxigenada sobre sus cortes—. O no haberte contado toda la verdad, lo que viene a ser lo mismo.

—Eso no importa ahora —aseguro, creyéndome mis propias palabras. A pesar de la compañía, hay mucha más intimidad entre nosotros ahora que esta mañana en mi cama.

–Claro que sí –refunfuña él; sus ojos súbitamente húmedos–. Ese tío…

–Es el de la navaja, sí –lo interrumpo, agarrando su mano con intensidad. Su calor corporal, lentamente, destruye la escarcha que cubre mis dedos–. Y me trae sin cuidado. Habría seguido el mismo impulso de haberla encontrado o no; de haber estado aquí o en otro lugar.

Recuerdo las marcas todavía visibles de mis caderas y el cuchillo de postre de la cafetería Tokio. El dolor nunca ha sido algo que se haya cruzado –como un engaño inefable– en mi camino, sino algo que siempre he buscado yo. Aunque se trate de un acto inconsciente.

–Sí, pero ¿no te preguntas por qué diablos lo cubrí?

–Todos sabemos que tomas determinaciones muy extremistas y raras –lo corta Spikey impacientemente–. Ahora no te muevas, ¿te importaría, tesoro?

Y Kenji no se mueve, aguardando una respuesta.

–Por miedo, supongo.

–Ojalá –bufa–. Ese hombre, además de ser el tipo que iba tan borracho que perdió la navaja con la que te cortaste en el baño equivocado, es mi padre.

El segundero de mi reloj se detiene. En mi cerebro, ocupando el lugar de las voces anhelantes, se reproduce esa última palabra, padre, como un *bonus track* que nunca se termina.

Padre. No logro encontrarle un significado.

–No –lo corrige Spikey, sosteniendo una botella de mercromina en su mano derecha–. Es el tío al que sigues manteniendo cuando no se lo merece, el que está haciendo la vida de tu hermana un infierno, el que consiguió que tu madre se matara. Es un cabrón, pero no es tu padre.

Miro primero a Spikey, inusualmente pálido, luego a Kenji, analizando con calma las puntualizaciones de su amigo, y sigo sin comprender nada. Si la verdad es un ovillo de lana, alguien ha tirado de uno de sus hilos y ahora no puede dejar de desenroscarse. Solo que ya no sé si quiero descubrir cómo es en realidad.

–Eh, Victoria –me dice Kenji sombríamente–, ¿has oído esa cita de Einstein? ¿La que dice que Dios no juega a los dados con el universo?

–Naturalmente –farfullo, acercando mis rodillas a mi pecho para entrar en calor. Una sonrisa, o algo parecido a una sonrisa, se arquea en los labios de Kenji.

–Pues Dios ha jugado a los dados con mi familia. Ha juntado un par de personalidades límite, ha añadido pobreza y mentiras y lo ha depositado todo en una misma casa, esperando pacientemente a que su mezcolanza estallara.

–Y estalló –repongo, a pesar de que resulta evidente.

–Como no podía ser de otra manera. –Suspira, bajando los párpados. Me fijo en las marcas grisáceas bajo sus ojos y me pregunto cómo es que no he reparado en ellas antes. Kenji no está bien, nunca lo ha estado, y todo lo que yo podía ver era mi propio montón de problemas–. Quizá en otra vida mi padre fue un buen hombre, eso no lo sé, pero a mí personalmente me tocó conocer su peor parte. Bebe desde que tengo memoria y pierde el control si las cosas no van como él quiere. Mi madre y él discutían todo el tiempo, por las facturas principalmente, y él le echaba en cara que no tenía estudios, que había preferido tener a mi hermana a terminar su ciclo formativo. Hasta que un día ella decidió que había sido suficiente. –En un acto reflejo, se pasa la lengua por los dos *piercings* de su labio inferior. Spikey, que le limpia las heridas, se detiene sin previo aviso–. Se aseguró de irse por la puerta grande. Un combinado de pastillas para dormir y una cuchilla; cortes verticales, nada de esos rasguños superficiales que hace la gente como tú y como yo. Un suicidio doble, para no dejar lugar a dudas. Porque, aunque era una ignorante, sabía que no quería seguir viviendo en la misma casa que mi padre.

Padre. Esa palabra, tan desprovista de significado como antes, pone fin a su explicación. Él tampoco está seguro de llamar así a la persona que se ha abalanzado sobre él hace apenas unos minutos, pudiendo llegar a matarlo de encontrar las fuerzas para matar.

–Así que nos dejó solos con él, a mi hermana y a mí. Él seguía bebiendo, solo que, en vez de encararse con ella, lo hacía con Laura y conmigo. Saber que todos lo culpaban por la muerte de su mujer no mejoraba mucho las cosas. –Traga saliva, haciendo que su nuez suba y baje en el centro de su cuello–. Se ponía como un loco; cada día era peor. Al final, yo también acabé asqueado de todo y me fui. Le pedí a Laura que se viniera conmigo, pero se negó. Qué se le va a hacer, la une un sentimiento de amor inútil hacia mi padre. Cuida de él, intenta que no se pase con el alcohol, pero con su sueldo no es suficiente. Por eso les paso dinero todos los meses. Porque mi padre será un borracho y un desgraciado, pero Laura se merece tener cosas bonitas.

De pronto veo en sus ojos –mucho más pronunciada que en ninguna otra persona– la pálida sombra de la sabiduría. Cientos de frases, caras y nombres se ordenan ahora en mi cabeza, pero ya no me importa. Aprieto la mano de Kenji con más fuerza, deseando poder quedarme así para siempre. No soy la única persona que sufre en el mundo.

–Eso es todo lo que debes saber –me dice, susurrando. Es como si fuese incapaz de mirar más allá de él ahora; su presencia, casi pidiendo permiso, abarca la totalidad de la cocina–. Perdóname por habértelo contado demasiado tarde.

Quiero decirle que no importa, que eso es lo de menos, pero el crujido de una puerta se me adelanta cuando apenas he comenzado a abrir la boca. Es Grasa, que entra en la estancia con una humeante bandeja. Un fuerte olor a pimienta se instala en el interior de mis fosas nasales, rompiendo todos mis juramentos, todos mis esquemas. Es un olor que abrasa las paredes internas de mi garganta.

–No quiero saber por qué, los de la mesa tres han puesto pies en polvorosa en cuanto se han enterado de que venía la pasma –explica el cocinero, colocando la comida delante de nosotros. Huevos revueltos, gambas y champiñones, tan reales, a tan pocos centímetros de mí... El estómago se me encoge–. El caso es que han dejado su pedido intacto y vosotros dos –nos señala a Kenji y a mí con un movimiento de cabeza– deberíais llevaros algo caliente a la boca. Tenéis un aspecto horrible.

Mis entrañas gritan y chillan cuando Grasa me tiende un tenedor demasiado limpio, demasiado brillante. Los ojos se me llenan de lágrimas. Nuevamente vuelvo a estar acorralada ante la comida y esta vez tampoco va a desaparecer, por mucho que necesite que lo haga. Mis cuarenta y seis kilos no pueden volver a convertirse en cincuenta y tres. Tienen que bajar hasta cuarenta y cinco, y luego hasta cuarenta, hasta que sea etérea y perfecta.

–Cómetelo todo, Kenji –digo, devolviéndole el cubierto al cocinero–. Yo no tengo mucha hambre.

–Tal vez –me rebate él, volviendo a entregármelo–, pero estás pálida como la muerte y ahora mismo no necesito a una chica desmayada en mi cocina. Supongo que no hará falta que te lo diga, pero no es la primera vez que tenemos una pelea aquí. Y no me apetece que me cierren el local así que ¡come!

Voy a protestar, dejando de respirar para no oler, cuando Grasa se mete una mano en el bolsillo interior de su delantal y le pasa un papel arrugado a Kenji. Lo miro de reojo y puedo leer, con una claridad sorprendente, la siguiente cifra: 2.500 €.

–¿Qué mierda es esto? –protesta el muchacho, intentando devolvérselo. El gordinflón da dos pasos atrás, ensanchando una sonrisa de dientes grandes y torcidos.

–Esa mierda es tu viaje de ida a donde te dé la gana. Coge a tu hermana, a Bobby Burns si te apetece, y lárgate de Santiago. Sí, habría quedado mucho más bonito un cheque en blanco, pero eso es todo lo que puedo ofrecerte. Por el bolo del otro día, por los arreglillos que le hiciste al lavavajillas o por las horas extra que te debo. Tómatelo como quieras, pero vete de aquí.

Kenji no puede hablar. Se mantiene inmóvil, escudriñando el papel como si de pronto fuese a desintegrarse. Ni él ni la comida lo hacen.

—¡Y ahora quiero ver ese plato limpio! No despreciéis la especialidad del D. F.

Pero yo no veo la especialidad por ninguna parte, sino una ración entera de ponzoña que amenaza con colarse entre mis venas y confundirse con mi sangre, convirtiéndome en su esclava. Me muerdo el labio inferior hasta que el dolor físico compensa el emocional, rebajándolo. No hay un modo de escapar ahora.

—No pienses —me aconseja Kenji—, solo hazlo.

Hiriéndome de muerte, pincho una gamba. Calcino mi carne mientras, con parsimonia, la mastico. Quemo mis entrañas al tragarla, ayudándome con saliva. Mi cerebro aúlla y mi barriga llora, pero yo no pienso en nada. Sencillamente me concentro en la canción que suena de los Raincoats y en el chico que está a mi lado, sosteniendo mi mano con tanta suavidad.

jueves

Estoy rodeada de fantasmas. Se disponen ante mí sigilosamente, abriendo su abanico de recuerdos espinosos. Mientras me abrazo a mi cuerpo semidesnudo, la voz de Kenji se reproduce tan claramente en mi interior que parece que lo tenga aquí, de nuevo a menos de cinco centímetros de mi piel.

–No sé en qué diablos estaba pensando Grasa –me dijo mientras caminábamos por el casco antiguo de Santiago, vagamente iluminados por la luz anaranjada de las farolas. Acabábamos de salir de declarar ante la policía y estábamos rodeados de la noche, bajo el estrellado cielo azul cobalto–. No puedo irme a ninguna parte.

–¿Dónde ha quedado todo eso de «vive el segundo»? –le reproché yo, sorteando los charcos de agua. Él, por alguna razón, se detuvo, dando un último puntapié a una de las piedrecillas sueltas de la calzada.

–Eso sigue ahí, naturalmente –bufó, nubecillas de vaho saliendo de su boca–. Pero es que es todo muy complicado. Tengo dos mil quinientos pavos en mi cartera y… ni siquiera estoy seguro de que Laura quiera venirse conmigo, ¿sabes? Ella quiere cuidar de mi padre. Todavía confía en él. Por no hablar de que no tengo estudios. No sé cómo voy a buscarme la vida si dejo el Dragón.

Habíamos vuelto a ponernos en marcha, caminando hombro con hombro, de modo que nuestros cuerpos chocaban repetidamente. Kenji me calentaba las manos con las suyas cada poco tiempo, haciendo desaparecer las marcas púrpuras de nuestros cuerpos.

—Tienes el dinero en tu cartera —le insistí, comenzando a impacientarme—. Puedes hacer lo que te apetezca.

Y se quedó quieto otra vez, acariciando las líneas de mis cicatrices como si acabase de tomar una determinación muy arraigada.

—Tú… —comenzó— ¿vendrías?

Su pregunta me cogió desprevenida, porque hasta aquel momento no me había dado cuenta de que yo tampoco tenía nada que me uniese a Santiago. Me sentí repentina e irremediablemente sola.

—Ya te lo he dicho. Si fueses tan idiota como para comprar una estrella, yo me iría contigo allá arriba. No tengo otra cosa que hacer.

La verdad escondida tras mi propia afirmación me dio miedo. Me seducía más la idea de fugarme con aquel chico de los tatuajes, aquel que me había salvado la vida y al que apenas estaba comenzando a conocer, que quedarme en casa con mi hermana y su novio.

—Sí, pero no tiene por qué ser necesariamente una estrella. –De pronto parecía estar muy animado–. Si me lo monto bien, incluso podría comprar unos billetes de ida a Hungría.

–¡Anda ya!

–Que sí, en plan mochileros. Y nos olvidamos del mundo.

–Hasta que vuele el dinero de Grasa, ¿no?

Kenji me miró, pensativo. La luna, teñida de plata y violeta, dibujaba sombras serpenteantes en su barbilla y en sus mejillas, todavía hinchadas.

–Siempre puedo convertirme en músico callejero. O en astrónomo. Hay un mundo entero de futuros ante nosotros.

Lo besé para que se callara, pero, incluso entonces, seguía oyendo el incesante runrún de sus pensamientos. Hungría, llena de magia, estaba tan cerca de nosotros entonces como el portal de mi casa, a apenas unas manzanas de distancia. Escaparnos juntos parecía tan real como las sábanas de franela de mi cama, entre las cuales dormiríamos abrazados toda la noche.

–¿Ya has meado? –me dice ahora, al otro lado de esta puerta rayada y pintarrajeada.

Pablo y Elena 10-10-2007

I'll be there for you ^^

Don't worry, be happy! ☺

Nano tQ!

Cojo un trozo de papel higiénico y lo arrugo, dejando que caiga sobre mis pies como un peso muerto.

—Todavía no, y no lo haré si te pones a hablar conmigo.

Hace más de doce horas que no suelto una sola gota. Mi vientre está hinchado el doble de su tamaño, duro como un pandero.

—La enfermera me ha pedido que te lo preguntara —suspira él, a modo de disculpa—. ¿Te has bebido el vaso de agua?

Sí, he sido una buena chica y he rellenado ese recipiente de plástico con un vaso de agua embotellada. Por primera vez en mucho tiempo, he cumplido la famosa norma de los dos litros, y no he obtenido ningún resultado. En mi interior se arremolinan olas de desesperación, aliándose con el hambre para destruirme definitivamente.

—Hace ya un rato.

—Vale.

Escucho pasos y cuchicheos al otro lado de este pasillo de hospital, donde llevo retenida desde las diez. Nadie sabe que estoy aquí, salvo Kenji. De entre todas las personas del omnipresente universo, la única en la que me he atrevido a confiar ha sido él.

—Oye, la enfermera dice que salgas.

—Todavía no he meado.

—Yo solo te repito lo que ella ha dicho.

Temblando, tiritando de frío, me subo las bragas y los vaqueros. Luego, con movimientos que me llevan al límite de mis fuerzas, giro la cerradura y salgo al exterior, a un blanco que huele a desinfectante y a guantes de látex.

—No he hecho pis —le explico a la enfermera, de brazos fuertes y complexión de matrona. En su bata, cosido con hilo azul a la altura del pecho, leo su nombre: Patricia Mourón. Cuando le tiendo el botecito vacío, ese que debería estar repleto del líquido amarillo de mi orina, ella me lo devuelve, forzando una sonrisa parca.

—Pues vamos a tener que sondarte —anuncia con severidad, conduciéndome a una sala estéril. Kenji, con las manos en los bolsillos, nos sigue porque no puede hacer otra cosa.

—Sondarme —repito, deteniéndome ante una camilla que han preparado expresamente para mí. Un rayo fugaz y violento recorre mi faringe. No quiero volver a eso. No quiero volver a los gritos y las vendas en mis muñecas. No quiero volver al miedo.

—¡Claro! —exclama, deseando estar en su cama, durmiendo, en lugar de aquí, lidiando con una niñata cuyo IMC roza la desnutrición. Una estudiante de prácticas, a la que debería haber conocido en una fiesta de recaudación de fondos para el paso del ecuador y no aquí, estira los labios, tratando de empatizar conmigo—. Tendremos que analizar tu orina de alguna manera.

No me pide permiso a la hora de acostarme, ni cuando vuelve a desvestirme con un par de gestos mecánicos, ni mucho menos cuando acerca el tubo alargado a mi vagina. Asegura que no dolerá, pero yo sé que no es así. El tubo es demasiado grueso para un conducto tan pequeño.

—Aguanta un poco más. —Intenta relajarme la enfermera, sin separar la vista de la bolsa que cuelga de mí, llenándose de un líquido pálido y brillante. Pronuncia las mismas palabras vacías que los médicos que introducían embudos en mi garganta, acariciándome el pelo mientras las lágrimas salían a borbotones de mi interior.

La estudiante se acerca más a mis piernas, escudriñando la escena con interés. Kenji, a medio metro de mí, se concentra en un póster informativo sobre los esguinces de segundo y tercer grado. No le apetece estar aquí, pero está.

–Venga, Victoria, ya casi está –continúa ella, clavando sus ojos diminutos en la zona de mi vejiga, desinflándose como un globo al que se le ha acabado el helio.

Yo no contesto porque no hay nada que decir. Lo comprendo todo; siempre lo he hecho, desde el momento en el que desperté a Kenji. Que no mee solo puede significar una cosa: daño en mis riñones, lo cual no es una opción demasiado descabellada. La sonda en mi vagina, que pretenden ingresarme. El tono cortante de la enfermera, que ha leído mi historia y sabe lo que me pasa. El trato cercano y amable nunca se ha llevado bien con la anorexia.

–Bueno, esto ya está –nos indica, retirando la sonda con vehemencia. La estudiante la persigue, revoloteando sobre ella como un ave de rapiña–. Ahora te quedarás aquí hasta que tengamos los resultados, ¿de acuerdo?

Intenta que sus labios finos se curven en una sonrisa, pero no lo consigue. Me odia casi tanto como yo la odio a ella. Porque su misión en la vida es ayudar a salvar niños con cáncer o enfermedades autoinmunes, no evitar que una muchacha famélica se caiga de los bordes del mapa.

–¿Y tardarán mucho? –pregunta Kenji, levantando la vista de los cordones de sus deportivas de marca blanca.

–No podría decirte. Estamos un poco desbordados esta noche. –Todas las noches–. Ha habido una colisión múltiple en la autopista y están llegándonos los heridos. Paciencia.

Aún no ha terminado de hablar con él y la enfermera ya está dirigiéndose a mí, dedicándome una de sus expresiones engañosas. Parece un perro de caza inteligente y astuto.

–Te noto tensa, ¿quieres un analgésico?

No, no quiero que me droguéis hasta que olvide cómo me llamo o qué hago aquí. Estoy perfectamente bien con mi dolor.

–No, gracias.

La puerta se cierra sin hacer ruido, recordándonos una vez más que estamos en la casa del silencio. Ni Notre Dame ni el Sacré Coeur podrían imponer más que este lugar.

–Vamos a estar aquí hasta mañana por la mañana –vaticino, abrazándome a mis rodillas. Kenji se mueve en círculos como un gato callejero, echándole un vistazo a la decoración minimalista–. Puedes irte si quieres. No hace falta que te quedes toda la noche.

Está de espaldas a mí, pasando las yemas de los dedos sobre unos botes de Betadine sin abrir, así que no puedo ver su reacción. Curiosamente, transmite el mismo tipo de calma que transmitía ayer, cuando clavaba los ojos en los de su padre con ira.

–¿Bromeas? Aquí hay tiritas, algodón, agua oxigenada, desinfectante… menudo festín. No me iría por nada del mundo.

–No puedes quedarte con esas cosas –digo, al ver que se guarda una caja de esparadrapo en los bolsillos del pantalón de su chándal–. No están ahí para que te las lleves.

–¿Por qué no? –protesta, agenciándose un paquete de gasas–. A lo mejor esto es un buffet libre de material estéril y a esa bruja se le ha olvidado comentárnoslo. Además, no creo que vayan a notar que les falta algo. Tomémonoslo como una comisión por el tiempo perdido.

Me doy la vuelta, aplastando mi cara contra la almohada. Mi hermana no deja de enviarme mensajes al móvil, pero ni yo contesto ni Kenji me obliga a hacerlo.

—¿Ves? —suelta él, triunfante tras haber concluido su saqueo—. Ni siquiera se nota la diferencia.

Con un salto se deja caer sobre el colchón, que cruje ante su peso. Tras deshacerse de sus zapatillas, gatea hacia mí, separándome un mechón de pelo de la cara.

—Y ahora estamos tú y yo aquí, en esta cama, con toda una noche por delante —me susurra al oído. Su aliento cálido eriza el lanugo de mi nuca al instante. Desde el pasillo oímos cómo se queja un anciano, pero nadie se acerca para aliviarlo.

—Qué romántico, pensar que podemos hacerlo aquí —ironizo con acritud. Aún no hemos podido tener sexo. Kenji, que pasa su nariz afilada por mi columna, no se deja vencer por mi sarcasmo.

—No tenemos por qué hacerlo. Podemos simplemente besarnos, o hablar, o escucharnos respirar. Cualquier cosa. —Se encadena a mí; su brazo en mi pecho y su pierna sobre mis caderas—. Me gusta cualquier cosa a tu lado.

Y yo, que sin duda debería añadir algo, solo puedo pensar en números. Las horas, días o semanas que permaneceré en este hospital. Las calorías que me obligarán a tomar. Los segundos desperdiciados en terapia familiar. Los kilos que muy poco a poco irán subiendo en la báscula. Las veces que, como el anciano, gritaré y lloraré y nadie vendrá en mi busca.

–Kenji –me sorprendo musitando–, ¿puedes hacerme un favor?

–¡Ajá! –trata de bromear. No puedo soportar que la gente insista en subirme el ánimo cuando es evidente que he tocado fondo–. Es por esa botellita de mercromina, ¿verdad? Sabía que le tenías echado el ojo.

–No seas idiota. Solo necesito que me contestes a una cosa. –Tomo aire, sintiendo que mis mejillas, como las orejas de Kenji, se tiñen de rojo bermellón–. ¿Tú crees que soy guapa?

Él, repentinamente, deja de acariciarme. Su mano rugosa cae flácida sobre mi pelvis, deteniéndose en el elástico de mis bragas.

–¿Qué clase de pregunta es esa?

Le respondo con otra.

–¿Todos los días?

Su mano se cierra; lo oigo suspirar. El anciano continúa quejándose.

–Sí, joder, sí. Todos los días de tu vida y después de la muerte también.

Una sonrisa se desliza por los contornos de mi boca, llenando la inmensidad de mi rostro. Kenji, que lo nota, opta por sonreír también, haciéndome cosquillas en la espalda con sus pendientes.

–¿Puedes ponerlo por escrito?

–Faltaría más.

Hurga en sus bolsillos con rapidez hasta encontrar la caja de esparadrapo. Después se estira como un felino hasta alcanzar mi bolso, me roba un lápiz de delineador negro y escribe en letras grandes:

Tú, Victoria (también conocida como Bobby Burns), eres arrebatadoramente sexy. Firmado y ratificado: Cristian 'Kenji' Machado.

Pega su nota en mi espejo de bolsillo, ocultando la superficie reflectante. Y vuelve a besarme, muy suavemente, mientras yo no puedo dejar de pensar en su caligrafía apretada. Tiene apellido de poeta. Como no podía ser de otra manera.

Hay una mano alrededor de mi ombligo cuando abro los ojos. Ahogadamente, me llegan dos voces –una de hombre y otra de mujer– que discuten acerca de unos «resultados». Intento recostarme para escuchar mejor, pero algo tira de mi brazo y me lo impide. Parpadeo, removiéndome entre las sábanas ásperas del hospital, y al fin lo veo todo claro.

Ahí, delante de mí, está una mujer –doctora, según la placa de su pecho– de mediana edad, con el pelo caoba atravesado por algunas canas. Sus dedos, de uñas cortas y descuidadas, tamborilean sobre una carpeta gris de hojas finas. Kenji, que no ha cambiado de posición en toda la noche, es quien habla con ella. Mi antebrazo izquierdo, estirado e inmóvil, está conectado a un gotero por el que me administran un frío líquido azulado.

–¿Qué es esto? –chillo, tratando por todos los medios de librarme de él. La doctora me lo impide con un par de movimientos mecánicos. Kenji, a mi lado, se frota los ojos y bosteza.

–Tú lo pediste –afirma–. A eso de las tres de la madrugada. Decías que te dolía muchísimo.

No logro recordarlo. La carpeta de la médica brilla bajo la luz artificial de los fluorescentes, haciendo que recuerde un poco mejor por qué estamos aquí. Me estiro como un gato –en la medida en que la vía me lo permite– antes de atreverme a formular la pregunta cuya respuesta creo conocer.

–Son los riñones, ¿no? Los tengo jodidos.

Kenji se pone rígido. La doctora deja de hacer ruido y estira los labios, en los que todavía permanecen unas marcas de carmín rosado.

–Estás limpia –me dice, y aún tengo que repetir sus palabras mentalmente un par de veces hasta creérmelo yo también–. No hay daño renal ni infección de orina. Es posible que tengas arenilla en los riñones, pero lo dudo.

Me fijo en sus cejas depiladas, en cómo ascienden hacia una frente surcada de arrugas, y me doy cuenta de que sospecha de mí. Ha leído mi historia –ese capítulo llamado «anorexia»– y ha sacado sus propias conclusiones. Sé lo que va a preguntarme incluso antes de que lo haga.

–¿Cuántos vasos de agua bebes al día?

Los indispensables para que mi tripa no se hinche como una piñata. Los equivalentes a mis tres tazas de té diarias.

–Los suficientes.

Vuelve a estirar los labios. Parece un tic. Kenji, dominado por un silencio mortal, hace estallar su espalda. Crac. Crac. Crac. Es como si estuviese dentro de sus huesos.

—Quizá no —me recrimina ella, acercándose demasiado. Su olor a polvos de talco se me mete en la nariz, subiendo rápidamente a mi cerebro—. Lo recomendable son dos litros al día. Si bebes menos, podemos llegar a situaciones como esta. Otra posibilidad es que tu vejiga no funcione como debería, pero no creo que debamos alarmarnos. Esta es la primera vez que vienes por este problema.

Lo que me dice no me suena a nada. Un poquito de esto, otro poquito de aquello, y el significado se pierde en algún punto intermedio.

—Entonces, ¿qué? ¿Vais a hacerme más pruebas?

—No creo que sea necesario —asegura—. Ya le he dado los papeles del alta a tu novio. —Kenji suelta una risita con esto último—. Para quedarnos tranquilas, te recomiendo que vayas a tu médico de cabecera para que te remita al urólogo. Pero, en lo que a mí respecta, puedes volver a casa y descansar un poco.

Permanece unos cuantos segundos más en la habitación para ver cómo reacciono y, al ver que no abro la boca, me da unas últimas indicaciones («Te quitaremos la vía», «Bebe aunque no tengas sed», «Aumenta la ingesta de frutas, especialmente cítricos»). Luego alega que tiene otros pacientes y, sencillamente, se va.

Kenji da una palmada, alegrándose de que «al fin haya terminado todo». Viene una enfermera para quitarme la vía, y después me deshago del ridículo batín hospitalario y me pongo mi ropa. También me peino y me retoco el maquillaje, pero incluso cuando salgo fuera, a la calle, sigo desprendiendo ese olor plastificado de la sala estéril. Haga lo que haga, sigue ahí, recordándome que, a no ser que tome una determinación enseguida, volverán a encerrarme entre esas paredes.

—¿Quieres que vayamos a tomar algo caliente? —me pregunta Kenji, pasando un brazo por detrás de mi espalda—. Hace un frío de la hostia.

Llovizna y todavía no ha amanecido. Sobre los capós de los coches, aparcados en apretadas líneas paralelas, se extiende una partícula finísima de escarcha. Arrastro los pies y me siento en el banquillo metálico de la parada del autobús. Su superficie mojada hiela mis pantorrillas.

—Eh, ¿qué me dices? —insiste, al ver que no le respondo—. Las luces de la cafetería del hospital están encendidas.

—No.

Miro al frente, como si estuviese esperando a que pasase el bus. Kenji exhala sobre sus manos, calentándoselas. La punta de su nariz está casi tan roja como sus orejas.

—Debemos de estar a cero grados. ¿De verdad que no te apetece? Un café, un Colacao… lo que sea. Hoy invito yo.

Chasco la lengua, cruzo y descruzo las piernas. Nada está saliendo como debería.

—Ya te he dicho que no, pesado. No insistas.

—Pero es que no puedes quedarte así. Debes de tener el estómago hecho una mierda después de…

El estómago. Instantáneamente, mi volcán entra en erupción, salpicándolo con su lava de rabia y descontrol.

—¡Que no! ¿Es que no te das cuenta de que todo eso me sienta peor o qué? ¡Que no quiero comer nada, a ver si te enteras! —No sé por qué, no puedo dejar de gritarle. Quizá porque, en todo el día, no ha hecho más que intentar complacerme y eso no está bien. Él no es así. Él es frío y directo, no el animador personal de nadie–. Esperaba que tú me comprendieses un poco, pero a fin de cuentas eres como todos los demás. Lo único que sabéis hacer es meteros en mi vida.

Aprieto los labios con fuerza. Él hace lo propio con los nudillos, evitando mirarme. Mientras tanto, sigue lloviendo, pero nosotros no nos mojamos. El techo acristalado de la marquesina nos protege.

–Claro que no quieres comer. –Suspira lentamente, encendiéndose un cigarrillo–. Te hace daño, lo sé, y es una mierda, pero la vida está llena de cosas que nos hacen daño y que son una mierda. A mí no me vuelve loco de alegría trabajar por cuatro perras en un tugurio como el D. F., ni tener que darle la mitad de mi sueldo a mi padre, ni pasarme aquí toda la noche cuando mañana tengo que madrugar solo porque tú no quieres comer. Pero estas son cosas que debo hacer porque no soy la única persona que cuenta en el mundo. Y tú tampoco. –Da un par de caladas al cigarrillo y lo tira, aplastando la colilla con la suela de sus deportivas–. ¡No eres una roca, joder! A los demás nos importas. ¿Es que no te quieres curar o qué?

Mis entrañas se ven sometidas a continuas explosiones. No puedo pensar. Las voces de mi cabeza, esas que me cantan nanas de niñas preciosas y esqueléticas, son las que se materializan y hablan con Kenji.

–No lo sé.

De pronto se detiene, como un muñeco al que hayan dado muy poca cuerda. Las nubecillas que salen de sus labios giran en el aire, saliendo a mi encuentro.

–¿Cómo que no lo sabes? –repone despacio. Un cerco sombrío rodea sus pupilas.

–¡No lo sé! A veces creo que quiero curarme, pero al segundo siguiente me cruzo con alguien que se queda mirando mi barriga, o me reflejo en el escaparate de una tienda, y veo lo gorda que estoy. A veces creo que quiero comer, pero no. Así que quizá no me apetece curarme, porque si eso significa que tienen que volver a ingresarme y a introducir alimentos en mi boca a la fuerza, hay mejores cosas de las que ocuparse.

–De eso se trata –afirma–. Nadie dijo que fuese fácil. Tienes que levantarte cada mañana y luchar contra ti misma; si te caes, solo puedes echarte la culpa a ti. Pero, si resulta que ni siquiera quieres estar bien, nada de esto tiene sentido. ¿Es que te trae sin cuidado lo que sintamos los demás?

Kenji me mira y no sé qué tipo de sentimiento lee en mis ojos, porque se enciende otro cigarro y, tirando el cartón vacío al suelo, sale de la marquesina y camina entre los coches aparcados. Solo está la capucha de su anorak para abrigarlo.

–¡Eh! –bramo, poniéndome en pie. Mis rodillas tiemblan–. ¿Adónde vas?

–A otra parte –responde. Su mirada refulge con más intensidad que nunca–. Como tú bien has dicho, hay mejores cosas de las que ocuparse.

–¡Oh, vamos, Kenji! No puedes dejarme aquí.

Estiro un brazo para alcanzarlo. Él, inusualmente pálido, me rechaza con un movimiento mecánico.

–Déjame en paz –me pide, con sus ojos brillando febrilmente–. Tienes un corazón de mariposa. No te importa nada ni nadie más allá de ti misma.

Intento seguirlo un par de metros. Después, dominada por un escalofrío repentino y penetrante, me detengo entre un Ford Fiesta y un Toyota Prius.

–Fantástico –mascullo, mordiéndome el labio inferior–. ¡Fantástico! ¡Eres un gilipollas!

Pero él ni se inmuta. Simplemente se va, llevándose consigo el olor profundo y envolvente del tabaco.

–Huir siempre se te ha dado de maravilla.

No sé por qué digo algo así, pero Kenji no se da la vuelta. Sigue avanzando hasta que su cuerpo, cada vez más pequeño, desaparece entre las hojas verdes de los sauces. No me queda nada. Estoy sola, abandonada en mitad de ninguna parte, y no me queda nada.

En el horizonte, emergiendo como un enorme coloso adormilado, las luces naranjas de una ambulancia me ciegan. Oigo gritos y pasos acelerados; veo rostros que creo conocer. El mundo a mi alrededor se desploma y yo ni me inmuto. A medida que mi apetito disminuye, mengua también mi capacidad de amar.

DESPERTAR

En medio del invierno
me topé con que había,
dentro de mí, un verano
invencible.
Albert Camus

08:00 a.m.

La cuenta atrás de mi reloj ha llegado a cero. Corro en medio de rostros difuminados, esquivando nombres desconocidos, sorteando miradas cristalizadas. Ya no sé qué es real y qué es falso. Ya no sé si existo siquiera.

Las calles empedradas pasan ante mí como las pinceladas atrevidas de un artista pop; arriba, abajo, creando contornos alargados, confundiéndome. La lluvia pega la ropa a mi piel. Mi teléfono móvil, como un molesto apéndice, continúa sobre las palmas húmedas de mis manos. Crea la ilusión de que vibra, pero yo sé que no es así.

Su voz vino a mí como un venenoso escorpión. Otro fantasma.

«Sobredosis...»

«Fármacos...»

«Bradicardia...»

«Suicidio...»

Las palabras del padre de Tatiana, al otro lado de la línea, todavía colisionan contra mi cerebro, rompiéndolo en un millón de añicos. Las cicatrices de mis muñecas vuelven a sangrar, pero nadie puede verlo.

«Sobredosis...»

«Fármacos...»

«Bradicardia...»

«Suicidio...»

Son mentiras. Como el peso que refleja la báscula o los consejos de la enfermera Mourón. No sirven para nada; solo para prender la mecha que te quemará, calcinando tus huesos hasta el tuétano.

Me parece que oigo las campanas de la catedral anunciando un velatorio al que nadie asistirá, colocando el punto final a una pesadilla de la que aún no me he despertado.

«Veinte años... solo una niña...»

Esa chica no es Tatiana.

«Sobredosis de fármacos...»

Esa no es la causa de su muerte.

«Suicidio...»

Eso no es real.

Todo son mentiras. Tatiana está entrenando en el club de rítmica, no acostada sobre una camilla demasiado fría. Lee junto a la ventana de su dormitorio, contemplando los árboles, no deja que cojan su mano inmóvil, mojándola de lágrimas. Se alegra de haberse recuperado, no se termina una caja de antidepresivos mientras escucha a los Beatles. Todo son mentiras. Esa chica de pelo alborotado –la que entró en el hospital mientras Kenji hacia acopio de material estéril, aquella cuyo corazón se paró cuando yo volvía a vestirme–

es otra. Es alguien más parecido a Bely o a Maca, o tal vez un reflejo distorsionado de mí, pero no Tatiana.

Sin embargo, la llamada telefónica ha existido. Un número desconocido. Veintitrés segundos; no, veinticuatro. Sentencias gorjeadas, escupidas, chilladas por un padre ~~que lo ha perdido todo~~ llamado Frustración.

«Sabías que estaba enferma…»

«El martes te llamó…»

«Tu influencia…»

Culpa, demasiado pesada sobre mis hombros. Me tapo los oídos con ambas manos, pero eso no impide que siga escuchándolo.

Aprieto el timbre con demasiada fuerza, esperando que el sonido agudo y penetrante que emite diluya la voz en off de Frustración. No lo hace. Suena, con mucha más intensidad que nunca, en fondo de mi corazón. Ojalá pudiera arrancármelo de cuajo.

—¿Sí?

—¡Kenji, ábreme!

Desde el otro lado de la línea, por un segundo, solo se oye un zumbido. Aún no he muerto y las moscas ya revolotean sobre mi cadáver.

Pienso en los párpados demasiado finos de Tatiana, en ataúdes diminutos, en su padre desplomándose con el odio de quien cree que los canturreos incesantes de mi cabeza viajaron hasta instalarse en la de su hija. Lo veo disparando una bala que nos atraviesa a los dos.

~~Ambos sabemos que tiene razón.~~

—¿Qué? Son las ocho de la mañana… vuelve a casa.

—¡Por favor, ábreme la puerta!

Mis ojos se desangran, empapando mi pelo y el cuello de mi sudadera. Pienso en John, Paul, George y Ringo, en el álbum blanco, en *Revolution 9*. Pienso en suicidio y cajas abiertas de Lexatin. Pienso en la voz grave del padre, que pronunció esa palabra con eme. Pienso, y pensando me desangro.

—Ni me apetece hablar contigo ni tengo tiempo para hacerlo. Algunos tenemos curro hoy. Ve a casa y date una ducha.

La lluvia cae violenta sobre mí, atravesando las heridas infectadas de mis caderas. Mis rodillas chocan entre sí porque mis fémures están rompiéndose muy lentamente.

Ya.

No.

Soporto.

Este.

Cuerpo.

Más.

—¡Kenji, ayúdame, por favor! ¡Déjame pasar!

Mis pulmones cierran el paso al oxígeno. Mis latidos hacen convulsionar mi caja torácica.

—Victoria…

—¡Por favor!

Mis oídos pitan. Mi mirada se nubla. Mis tobillos duermen. Mis brazos no me responden.

Me.

Rompo.

A.

La.

Velocidad.

Del.

Sonido.

Kenji abre el portal, emitiendo un crujido metálico, fugaz. Subo los treinta y tres peldaños que me separan del limbo con pasos lánguidos, deteniéndome para tomar un aire que se pierde en el camino hacia mis bronquios.

—¿A qué has venido?

Kenji, los brazos en jarra, se coloca entre el rellano y la puerta. La serpiente esmeralda escapa de sus tatuajes, enroscándose alrededor de mi cintura. Me corta la respiración.

—Ayúdame… —murmullo, mordiendo mis lágrimas—, no quiero morir. Tengo mucho miedo, Kenji, ayúdame.

El chico se separa en un acto reflejo. Ante mí tengo, una vez más, su recibidor, dirigiéndome a un pasillo estrecho en el que flotan y brillan las partículas de polvo. Algo sucio no debería ser tan hermoso. Y él debería pedirme que me quedara, como antes. Nada funciona.

—¿Se puede saber qué te pasa? —inquiere, tratando de mostrarse duro. Pero se nota que él también tiene miedo, porque no sabe manejar la situación. Porque su cabeza es un laberinto y él tampoco entiende nada—. No vas a morirte. Deja de gritar.

—Ayúdame, por favor. No quiero morir.

No puedo dejar de repetir, como en una letanía infernal, las mismas frases desgastadas. No sé cómo decirle que no estoy bien, que no quiero ser como Tatiana, que no quiero desvanecerme mientras escucho las melodías de John y Paul. No sé cómo decirle que no se vaya, que queme el cheque de Grasa si es necesario, pero que no me deje tirada en este mundo.

—No estás muriéndote —insiste, llevándome hasta el sofá naranja y mullido de su salón. Creo que me coge en brazos, porque las suelas de mis zapatos no tocan el suelo—. Aún te quedan setenta años para eso. Relájate.

Me trae una taza de leche caliente y me la coloca entre las manos, intentando descongelarme. Sé que es suya porque, en el borde, todavía resisten las marcas de sus labios. Grumos oscuros de cacao flotan sobre la superficie…

—Bébetela —ordena—. Estás temblando.

Me está abandonando. Se ha puesto una sudadera de los *Guns N' Roses* —la misma que llevaba aquel segundo primer día— y se anuda una bufanda de lana al cuello, tapando su nuez. Hace rato que está calzado y los cordones de sus botas de cuero repiquetean rítmicamente contra la tarima flotante. Va a dejar que me desintegre aquí, rodeada de las cosas de sus caseros, vomitando los últimos restos de su desayuno.

—Kenji, no me dejes, por favor. Tengo mucho frío.

Se pone los guantes, echándome un último vistazo por encima de su hombro. Un puñado de segundos se interpone entre nosotros.

—Voy a volver —asegura—. Ahora tengo que irme a trabajar.

Sus pasos se reproducen con un eco que parece provenir del centro de la Tierra. Intento caminar detrás de él, pero los dedos de mis pies no me responden. Permanezco varada junto al marco de la puerta, mi pecho subiendo y bajando irregularmente.

–Por favor, no te vayas. No me dejes aquí, por favor. Tengo mucho miedo. ¡Kenji, por favor, no quiero morir!

La cerradura y mis ventrículos, ensanchándose y contrayéndose como un animal aletargado, emiten un mismo sonido. Ojalá alguien pudiese arreglar este cansado corazón.

08:00 p.m.

El corazón de las mariposas, situado en el abdomen, está formado por un vaso dividido en una serie de cámaras que comunican con el resto del cuerpo mediante unas aberturas a través de las cuales penetra la sangre. Esta sangre –de diversos colores– es empujada a la aorta, y de allí a todo el cuerpo, debido a la contracción de los músculos del corazón. Es un órgano muy, muy pequeño, casi imperceptible entre la confusión de órganos nerviosos y digestivos. El sistema circulatorio de las mariposas, al contrario que el nuestro, es independiente del respiratorio. El oxígeno es transportado directamente a los órganos sin ayuda de la sangre.

Después de que mi padre me explicase esto, me pasé todo el día sentada en las escaleras del jardín de atrás, pensando. No conseguía entender por qué una criatura tan orgullosa, tan majestuosa como la mariposa no tenía un corazón de verdad, como el nuestro, sino un tubo alargado en la parte superior de su cuerpo. Me parecía injusto que, siendo tan bellas por fuera, estuviesen tan vacías por dentro. Ahora, naturalmente, lo veo todo de otra manera.

–Hipotensión –declara la doctora, caminando entre las marcas azules que los fluorescentes dibujan en el suelo.

Coloca dos radiografías de mi pecho, teñido de un curioso color verde, en una pantalla delante de mí. Me gustaría estirarme y acercar mi cara a ellas, contemplar los pequeños detalles de mi anatomía, pero sé que no debo levantarme de la cama.

–Victoria, tienes diecinueve años y tu corazón trabaja con la misma fuerza que el de una niña de siete años. Tienes un desequilibrio electrolítico –señala una cavidad a la derecha– y eso, unido a la falta de potasio, produjo un fallo del corazón que te dejó inconsciente.

Retira las dos radiografías, dirigiéndose a mis padres con severidad. La maleta de viaje de papá, demasiado ligera esta vez, descansa sobre el marco de una puerta blanca.

Llevo dos días aquí, atrapada en una noche perpetua sin sueños. Una noche que huele a sedantes y a salas pálidas de la UCI.

–Queríais la verdad y aquí la tenéis. Vamos a tener que tratarla con electrolitos y hacer un seguimiento del funcionamiento de su corazón. Cuando esté lista para que le demos el alta, será remitida a la Unidad de Desórdenes Alimentarios de Conxo.

Quiero gritar, pero mis labios no se despegan. Hay una mascarilla, desde mi nariz hasta mi barbilla, que me da cierto aspecto de alienígena. Mamá me toma la mano y me sonríe, pero la suya no es una sonrisa de verdad. Su boca está enrojecida, hinchada el doble de su tamaño.

—Eh —susurra papá, sacando una bolsa negra del interior de su espalda—. Mira lo que te he traído. Siempre te han gustado las historias de miedo.

Saco un ejemplar de bolsillo de *La chica que amaba a Tom Gordon*, de Stephen King, con cuidado. Es la versión original en inglés, así que supongo que lo habrá comprado en el aeropuerto de Toronto. Yo también fuerzo una sonrisa que no es una sonrisa. Leí ese libro cuando tenía doce años.

—Espero que te guste.

Asiente repetidas veces con la cabeza, como alguien que acaba de comprender súbitamente algo que hasta entonces había tenido delante de los ojos, sin verlo. Mamá y él se van cuando la doctora lo hace, dejándome rodeada de silencio y flores de lavanda, regalo del tío Blas.

En el pasillo, al otro lado de esta habitación solitaria, puedo ver cuatro pares de piernas que se corresponden con las de Blanca, Néstor, Kenji y Marcos. Él debería estar cogiendo un vuelo a Irlanda y no aquí, del mismo modo que papá debería estar realizando su trabajo de investigación en la UOT* y Kenji preparando revueltos de setas y gambas en la cocina del Dragón Fe, donde todavía resisten las manchas de su pelea. Él es el siguiente que entra, como siguiendo su turno en una cola, y me mira sin decir nada. Se ha quitado los *piercings*, tiene el pelo alborotado y bajo sus párpados crecen unas sospechosas bolsas grises. Ha vuelto a salvarme la

* University of Toronto.

vida, pero esta vez he pesado mucho más en sus brazos. Solo que ahora no tiene nada que ver con los kilos, claro que no. Fue un golpe, el de mi cuerpo colisionando contra el suelo, solo un golpe al otro lado de la puerta. Él pudo haber seguido bajando los escalones, pero se detuvo a escuchar y lo recibió el silencio. Abrió la puerta. Me encontró escurriéndome de la vida por segunda vez.

Entre sus manos, ahora, aprieta una revista, aunque no es *Rolling Stone*. Se trata de una guía turística de Hungría demasiado nueva y brillante. La deja caer sobre la mesilla, junto a mí.

–Elige el lugar al que quieras ir y ve –me pide, su codo chocando accidentalmente contra mi clavícula.

Me basta una fracción de segundo –lo que tardo en abrir el librito y repasar el índice con la yema de mis dedos– para decidirme. Señalo una ilustración a doble página de la localidad de Mohács, en el capítulo «Alrededores de Budapest». Kenji se ríe.

–Me lo imaginaba.

Y, en lo que dura un parpadeo, clava su mirada de cobra sobre mí. Entre nosotros vuelve a crecer, como aquella noche en el Monte do Gozo, el fantasma de un beso vagabundo.

–Solo cierra los ojos y ve –me pide, sentándose en el borde de mi cama con delicadeza para *no romperme*–. Tenemos el dinero de Grasa para hacerlo.

Él cierra los ojos, viéndolo todo claro al fin. No es él quien se va, cogiendo el viejo Seat de su jefe y llevando a su hermana consigo, sino yo.

–Solo cierra los ojos y ve.

—Oye, Kenji, ¿por qué Hungría? —le pregunté por segunda vez aquella noche, bajándome de un salto del coche. Hacía un rato que habíamos abandonado el Monte do Gozo y Kenji acababa de aparcar junto al Auditorio de Galicia, enfrente de mi facultad. Polvo de nieve cubría la hierba, y a la vez era esparcido por el lago debido a la brisa fresca y suave que soplaba. Los cisnes y los patos dormían acurrucados en un rincón junto a la cascada. Era como si todo el mundo estuviese aletargado.

Kenji se encendió un cigarrillo y lo fumó despacio, sentándose al borde del agua. Sus pantalones se estaban tiñendo de blanco, pero a él no parecía importarle, así que lo imité. Al dirigir la vista abajo pude ver su reflejo, únicamente iluminado por la colilla ardiente del tabaco.

—Porque basta con seguir un sendero para cruzar Hungría de punta a punta —dijo—. Porque el húngaro es la única lengua que el diablo no pudo aprender. Y por el carnaval de Busójárás.

—¿El carnaval de Busójárás? —repetí. A lo lejos, como si proviniese de otro mundo, se oyó pasar un coche. Sus faros, demasiado claros y brillantes, nos cegaron durante un instante. Después, desaparecieron. Estábamos rodeados de oscuridad.

Como única respuesta, Kenji se remangó. En uno de sus brazos, por encima de sus cicatrices abultadas, me recibió su serpiente, enroscada entre rosas. En el otro, en la cara interna, había otro tatuaje en el que no había reparado. Se trataba de un ser colosal, una especie de monstruo de pelaje blanco y grandes cuernos que sostenía, en sus manos oscuras, una horca para el trabajo en el campo.

—Los antiguos habitantes de Mohács —explicó—, la ciudad donde se celebra el carnaval, solían vestir pieles de animales y máscaras pintadas, disfrazándose de criaturas horrorosas para así ahuyentar al invierno. Eso fue hace muchos años, antes de la cristianización de Europa, pero durante Busójárás se siguen llevando los mismos trajes, dando la bienvenida a la primavera.

Más coches volvieron a pasar, dibujando sombras alargadas sobre la piel de Kenji y la mía. Él dio una calada más a su cigarrillo, creando un anillo plateado con el humo que ondeó en el aire hasta, finalmente, desaparecer.

—Siempre me ha gustado esa idea —confesó—. Pensar que puedes alejar el invierno de ti solo con tu ingenio. Y poder concentrarte en el calor de la primavera.

Cerré los ojos. Yo también lo creía.

EPÍLOGO

Es primavera. Puedo sentir los rayos del sol acariciando el vello suave de mis brazos, apenas cubiertos por un vestido camisero que pertenece a Blanca, que ~~es enorme~~ es de mi talla y permite que el calor de Santiago sueñe con teñirme del color del verano. Puedo escuchar las voces de los niños que ríen, los adultos charlando animadamente desde su lugar en las terrazas, las hojas de los árboles de la Alameda crujiendo justo detrás de mí. No puedo ver nada porque las manos de Kenji están tapando mis ojos ahora.

—En serio, chicos, estoy cansada —protesto. Siento las baldosas de piedra de las calles del casco histórico bajo la suela fina de mis botas marrones—. Acabo de salir del hospital y lo último que me apetece ahora es dar un paseo hasta la catedral. Dejadlo, ¿vale?

Oigo los pasos fuertes y decididos de Spikey apenas un par de metros por delante de mí y de Kenji, y su risa escandalosa que hace vibrar mis tímpanos.

No podía creérmelo cuando vi el coche de Grasa aparcado frente a las puertas dobles de Conxo y a Kenji y a Spikey fumando tranquilamente sobre el capó, como si no estuviera prohibido, como si yo nunca me hubiese ido. No me había esperado que Kenji pudiera volver. Estaba segura de que nadie aguardaría por mí cuatro meses más, de que volvería a Santiago sin esperanzas, sin fuerzas y sola. Pensaba que sería el coche de Néstor y no el de Grasa el que me llevaría de vuelta a casa.

–Hazme caso, te gustará –me susurra Kenji al oído, haciéndome cosquillas con los *piercings* de su labio. La textura rugosa de sus yemas tiembla sobre mis párpados.

–¡Si no sé ni adónde vamos! –exclamo–. Además, me da la sensación de que acabaré por los suelos en cualquier momento.

Corre una brisa ligera, tan típica de las tardes que con parsimonia se convierten en noches, que revuelve mi cabello y hace levantar la falda de mi vestido, dejando a la vista mis piernas ~~enormes~~.

–No vas a caerte –contesta él–. Estoy justo detrás de ti, ¿recuerdas? Además, siempre puedes guiarte por la voz de Spikey. Es un fantástico perro guía.

Blanca me habló sobre Kenji una vez, dos semanas antes de que me liberaran, cuando una enfermera de rizos saltarines anunció ~~lo gorda que estaba~~ que pesaba sesenta y un kilos. Él, como yo, como todos los demás, no había dejado de avanzar durante esos ciento veinte días en los que una estación dio paso a otra. A su padre lo habían metido en la cárcel a causa de unos asuntos turbios que habían ocurrido tras una de sus muchas noches de borrachera, así que él había vuelto a vivir con Laura y, por lo que sabía, seguía trabajando en el Dragón. No me comentó nada de lo que había hecho con el dinero de Grasa, pero yo podía hacerme una idea más o menos clara de ello.

—¿No quieren probar un trozo de tartita de Santiago? —repiten incansablemente dos voces femeninas a mi izquierda mientras caminamos en línea recta, sorteando los cuerpos de los peregrinos y las familias que sacan a sus hijos a pasear. Sé que nos acercamos a la catedral no solo porque ~~recorro recorría~~ recorreré el mismo camino cada mañana para llegar a la facultad, sino también porque ese olor a tapas de pulpo y a puestos ambulantes de helados es inconfundible.

—*Oh, yes! Thank you very much, pretty girl!*—muge Spikey entre saltitos, y un segundo después lo oigo masticar, entre la música de una guitarra que suena a mi derecha, tocando una versión un tanto desafinada del *Raunchy* de Bill Justis.

—No das el pego como turista ni aunque te esfuerces un millón de años —bromea Kenji, su mejilla mal afeitada contra la mía. Puedo oler su colonia deportiva, mezclada con la nicotina que proviene del interior de su boca y el chicle de menta que no deja de mascar—. Creo que hasta un mafioso ruso tendría menos acento que tú.

La primavera de Santiago huele a hojarasca y a libertad, suena a mil lenguas distintas pronunciadas por mil voces distintas, sabe a granizados en terrazas y a refrescos *light* frente a la entrada de un bar. Oigo a los peregrinos suspirar y comentar lo difícil que ha sido el camino, los flashes de las cámaras de los turistas asiáticos (sé que serán asiáticos) y la respiración calmada de Kenji contra mi columna vertebral.

—¿Qué tal por Hungría? —me sorprendo preguntando. Puedo sentir ~~la grasa~~ la salud que rebosan mi vientre ~~hinchado~~ y mi trasero ~~abombado~~. La ropa interior me aprieta porque ya no es de mi talla. Mis antiguos vaqueros de la talla 32 se han convertido en la 38 que utiliza mi hermana.

—Eh... muy bien, ¿verdad, Spike? —duda Kenji, y noto cómo cabecea en dirección al horizonte, por donde camina el camarero de pelo escandaloso.

—¿Fuisteis juntos?

Seguimos recto. Recto. Recto. Recto. Mis ojos solo ven el rojo del sol, pero sé que seguimos en la ciudad vieja. Todavía percibo las voces de diversión, la música animada (ahora de un acordeón) y el aroma de la comida (ahora churrasco y patatas asadas).

—Naturalmente. —Spikey ríe—. No podía dejar a este tunante suelto por ahí.

—Hum... ¿Y qué hicisteis? ¿Visitasteis el carnaval?

Las puntas de los zapatos de Kenji colisionan rítmicamente contra mis talones. Caminamos a tropezones, serpenteando como un dragón chino entre los pies calmados de todas aquellas personas que visitan la ciudad. El viento y el sol se cuelan a través de mis medias, demasiado pequeñas, que me hacen daño en las caderas.

—Sí, sí. Fue magnífico. —La voz de Kenji silba hasta el interior de mis oídos, provocándome escalofríos. Las dependientas de las tiendas de recuerdos ahora ofrecen *pedras* de

Santiago y sé que Spikey no se corta en coger una porque escucho sus dientes troceando el chocolate y las almendras–. Esos tipos disfrazados realizaron un baile con fuego y todo lo demás…

–Y comimos *gulash* –apostilla Spikey con la boca llena de los bombones. Una bicicleta pasa entre nosotros y Kenji tira levemente de mí hacia la derecha, acariciando el espacio entre mis cejas con sus dedos.

–A montones.

–Bebimos cerveza húngara…

–Sin parar. Y… hum, visitamos los museos de Budapest.

–Un aburrimiento.

–Baretos musicales…

–Ni se comparaban al Dragón Fe.

–Algo… algo relacionado con los judíos, ¿no? Un monumento a los que murieron en los campos de concentración o algo así.

–*Shí* –boquea Spikey, tragando ruidosamente la última *pedra* que pudo atrapar con sus dedos largos y finos.

Las voces de ambos chicos (una aguda, otra grave) confluyen y se entrelazan con las risas y los comentarios en inglés, francés y alemán de las personas que pasan a nuestro lado. Oigo las campanas de la catedral repiquetear siete veces tan cerca de nosotros como si estuviésemos encerrados en la torre del campanario. El ambiente opresor y ruidoso de las calles del centro histórico, asimismo, ha sido intercambiado por una sensación más abierta, más libre, más luminosa incluso. Supongo que ya habremos llegado a la plaza del Obradoiro, donde se extienden la fachada de la catedral, el Pazo de Xelmírez, el Pazo de Raxoi, el Hospital de los Reyes Católicos y el Colexio de San Xerome.

Lanzo un suspiro que se pierde en la brisa primaveral.

—De verdad, llevo dos años en Compostela —mascullo—. Me conozco la catedral al dedillo. Puedo nombraros de memoria todas las esculturas del Pórtico de la Gloria.

—Calla y deja de protestar —me ordena Kenji, apretando su nariz alargada contra mi pómulo. El frío de su pendiente me pone los pelillos de la nuca de punta. —Yo tampoco tengo ningún interés en entrar en la catedral. A estas alturas del año, siempre está atestada y, además, el olor a incienso del Botafumeiro me marea. Ahora gira a la izquierda.

Cada vez más cerca, oigo la música celta de alguna gaita y, para cuando quiero adivinar adónde podríamos estar dirigiéndonos, Spikey comienza a repetir la palabra «escalón» incansablemente. Oigo las palomas revolotear a mi alrededor, a los niños correr, a los turistas maravillándose. Huelo a tapas y a cañas. Estoy casi segura de que estamos en la plaza de la Quintana, al este de la catedral.

—Sigue recto —murmura Kenji, y yo obedezco. Siento mis pisadas ~~tan pesadas~~ sobre la calzada grisácea y todo el sol del mundo achicharrándome la cabeza. Las rodillas me tiemblan, chocando entre sí, pero ninguno de los dos muchachos que caminan conmigo parece notarlo. Creo que me derrumbaré de un momento a otro. No sé quién soy. Mi cuerpo ya no es el de una anoréxica y me mente ~~sí~~ tampoco. Mi mente... está dividida. Me doy tanto asco y me odio tanto... y me arrancaría la piel a tiras si encontrase las fuerzas para hacerlo. Pero, al mismo tiempo, siento un miedo inútil y lacerante al futuro. Miedo de las recaídas, de que mis seis años de enfermedad se conviertan en siete, ocho o nueve. Miedo de transformarme en una losa de mármol y en un ramo de flores rosas que comienzan a marchitarse. Miedo de no dejar de engordar, miedo de volver a bajar a los cuarenta y cinco kilos, miedo de mi pesaje semanal, miedo de admitir que no estoy bien.

—¡Escalón! —canturrea Spikey, y luego lo repite tantas veces que pierdo la cuenta alrededor del número trece. Kenji todavía tapa mis ojos, pero ahora tengo la certeza de que estamos en la Quintana de Vivos, la parte superior de la plaza, y de que acabamos de abandonar la Quintana de Muertos, la parte inferior, donde se encuentran las cafeterías y dos de las entradas al templo del Apóstol.

—Tuerce a la derecha —me dice Kenji mientras huele el perfume a jabón hospitalario dermatológicamente testado que impregna mi pálido cuello.

Damos cien pasos (los cuento con dificultad entre las copas que chocan y las fotografías que toman a mi alrededor) e, inesperadamente, nos detenemos. Kenji deja caer una de sus manos y, sin darme tiempo a abrirlos, me cubre los ojos con la palma abierta de la otra. Noto que rebusca algo en el bolsillo trasero de sus vaqueros y, medio segundo después, oigo un «clonc», como si algún objeto de metal acabase de precipitarse entre nuestros pies.

—¡Mira que eres torpe, Ken! —barbota Spikey entre sus carcajadas de cerdito. Su aliento huele a los dulces que ha ido tomando por el camino y ~~no quiero respirar porque me~~

~~muero de hambre y aun así sé que no me apetece volver a comer~~ seguro que estaban deliciosos.

–Bueno, no es tan sencillo sacarte unas llaves del bolsillo cuando estás tapándole los ojos a otra persona, ¿sabes? –se impacienta el chico, tratando de agacharse sin soltarme.

–¿Unas qué? –salto con fiereza.

–Oh, venga, pero si ya puede mirar…

Aunque Kenji no contesta, sus brazos caen flácidos a ambos lados de sus piernas, liberándome. Parpadeo tres veces, y mi visión muta del rojo al blanco. La cegadora luz del sol me hace daño en las pupilas, que comienzan a lagrimear. Parpadeo tres veces más y el blanco toma la forma de un edificio de piedra. De su puerta, pintada de verde, cuelga un tirador de latón en forma de león.

–¡¿Qué es esto?! –exclamo, intentando recuperar la respiración. Esta no es mi casa, ni la de Kenji, y, hasta donde yo sé, Spikey vive en la zona sur, unas cuantas calles por debajo de la Alameda–. Kenji, ¿qué diablos es esto?

–Dos mil quinientos euros. –El chico sonríe mientras introduce la llave (alargada, oxidada) en el hueco de la puerta y la gira. Ahora, ante nosotros, se extiende un portal de baldosas coloridas que de algún modo me recuerda a las vacaciones de verano en las costas de Cádiz.

–¿Qué? –chillo mientras Kenji tira de mí, obligándome a subir los escalones estrechos– No. ¡No! Dos mil quinientos euros son Hungría y el carnaval de Busójárás y…

–Francamente, Victoria, si viajase a Hungría no me gastaría mi pasta en *gulash* y cervezas…

–Pero… el dinero de Grasa…

No sé lo que está ocurriendo a mi alrededor. Frente a mí solo tengo la sonrisa anchísima de Spikey y los ojos venenosos de Kenji, recorriendo mi rostro pasmado a la velocidad del sonido.

–Bueno, hay que pagar una pequeña fianza cuando alquilas un piso, ¿sabes? La cuota mensual será un poco cara, pero podremos pagarlo entre cuatro.

–¿Qué?

No puedo dejar de repetir la misma palabra mientras vamos ascendiendo pisos, abandonando el primero, el segundo…

–Bueno, no iba a dejar a mi hermana sola en esa casa. –Su voz se endurece, solo un poco–. Y el sueldo de Spikey nos vendrá de perlas para pagar el alquiler. Además, ya iba siendo hora de que tu hermana se fuese a vivir con Néstor.

–Eso sin tener en cuenta que mi presencia os alegrará los días –apostilla el camarero con dos movimientos de cabeza–. Tengo esa particularidad.

Nos detenemos en el cuarto piso, junto a la puerta B. Kenji abre la puerta muy lentamente, casi a propósito, y pronto me embriaga un olor a humedad y polvo que se me hace extrañamente atractivo.

Doy dos pasos hasta adentrarme en el piso. El suelo del pasillo, oscuro y angosto, es de madera y cruje bajo ~~mi peso sofocante~~ mis pies. A mi izquierda hay un cartel medio descolgado que reza las palabras *Üdvözöljük Magyarországon*.

–Significa «Bienvenidos a Hungría» –afirma Spikey con sencillez, encogiéndose de hombros.

–¿Eh?

Kenji señala con dos dedos las tablillas que se descorren bajo nosotros y entonces me doy cuenta. Hay flechas pegadas por el suelo, deteniéndose ante cada una de las puertas (todavía cerradas) de la vivienda. De cada marco cuelga un cartelito con el nombre de una ciudad húngara.

–Hollókõ –leo despacio, y Kenji me abre la primera puerta.

–La cocina –anuncia. En sus paredes y en su techo han pegado fotografías de lo que parece ser una villa de campesinos, con colinas verdes, casitas de cuento de los hermanos Grimm e iglesias diminutas.

Doy tres pasos al frente.

–Budapest.

Una segunda puerta se abre, recibiéndome con instantáneas de calles abarrotadas, cafeterías coloridas y sinagogas que brillan con tonalidades doradas.

–El salón.

Tres pasos más, como una bailarina.

–Gyõr.

Kenji tira de la tercera puerta, repleta de imágenes de plazas soleadas, tejados anaranjados y edificios de tonalidades amarillas.

–La habitación de Laura y Spikey.

Cinco pasos, entre unas carcajadas que no dejan de salir de mi boca. Me siento como si caminase en un sueño, como si mis piernas fuesen a dormírseme, como si los segundos cayesen como la nieve sobre mis hombros.

–Baradla.

La cuarta puerta se abre con un chirrido y descubro polaroids de una cueva vagamente iluminada por unas sombras ocres. Veo estalactitas y estalagmitas a mi izquierda y a mi derecha.

–El baño.

Solo queda una puerta, al fondo del pasillo, seis pasos más adelante. Kenji gira su pomo y, antes de que yo consiga leer el folio plastificado que cuelga de ella, asevera con una media sonrisa:

–Mohács. Nuestra habitación.

Huele a ambientador de violeta y rosas. Sus paredes, pintadas de un blanco impoluto, están repletas en su totalidad por fotografías del carnaval y de los monstruos dibujados en el antebrazo de Kenji. Hay una cama de matrimonio cubierta con una colcha azul, un pequeño escritorio de madera vieja, una ventana desde la que puedo ver la torre del reloj de la catedral y un armario empotrado. El muchacho sonríe cuando me fijo en este último.

–Es lo mejor –afirma, dándome un pequeño empujón para que me acerque a él. A su interior, donde están guardadas la ropa de Kenji y (no puedo evitar que mis labios se arqueen con delicadeza) la manta de navajo de Grasa. En la puerta de la izquierda hay un espejo de cuerpo entero, pero solo puedo verme el rostro, pues alguien ha colocado recortes de revistas a su alrededor.

–También hay fotos –me anuncia él, señalándome dos–. Eras una cría adorable, en serio.

Mi cara con tres, cuatro, cinco años me sonríe con inocencia. Noto que se me llenan los ojos de lágrimas al ver los días, las personas, los momentos de mi pasado abalanzándose de nuevo ante mí. Instintivamente, siento lástima por esa chiquilla con trenzas que se aferra a las manos de su padre como a la vida. Me dan ganas de abrazarla, acurrucarla y repetirle que es hermosa, como si no fuera yo misma.

—Oye, tu familia vendrá a eso de las ocho. —La voz de Kenji resurge de sus cenizas como un fénix—. ¿Te importa si mientras tanto estreno nuestro microondas y preparo una infusión?

Asiento con un gesto, cerrando la puerta del armario tras de mí. La melena alborotada de Tatiana y los inmensos ojos azules de Bely son los que me obligan a hacerlo. Alguien debió habernos obligado a detenernos antes de que hubiésemos alcanzado la velocidad de la luz y fuese demasiado tarde.

—Eso suena genial.

Oigo los pasos de Kenji alejándose, confluyendo con las voces de pito de unos dibujos animados que suenan desde el salón. Cojo aire antes de acercarme a la ventana y asomarme, sacando la mitad de mi cuerpo al aire fresco que rodea las calles de Compostela.

Puedo ver una diminuta plaza empedrada bajo mis pies y un grupo de niños que me saludan con la mano mientras juegan. Veo el cielo azul estrechándose sobre mis ojos y los pétalos de un árbol de cerezo que vuelan hasta alcanzar mi ventana. Y huelo. Huelo a naturaleza, a Galicia, a infancia, a luz, a serenidad, a... a todos los momentos de mi vida que se juntan hasta llegar a este.

Peso sesenta kilos. No, un poco más y ~~estoy tan gorda que no volveré a pisar una playa en mi vida~~ eso está bien. Uso una talla 38 que ~~lograré que vuelva a ser una 32~~ es la que corresponde a mi complexión. Kenji ~~se asustará de~~

~~mí~~ sonreirá cuando me vea desnuda. La gente ~~no me reconocerá~~ se alegrará de lo guapa que estoy ahora. ~~Suspenderé el segundo cuatrimestre~~ Esta vez lo haré mejor que la anterior.

Una lágrima salada recorre mis mejillas. Mi futuro es tan pálido como la sala de la clínica que abandoné. No sé lo que me espera.

Oigo unas pisadas cautelosas caminando hacia mí y, en lo que dura un parpadeo, siento las manos heladas de Kenji abrazando mi cintura, y su pelo, que huele a champú anticaspa masculino, acariciando mi pómulo.

—La infusión está enfriándose —anuncia besándome entre el cuello y el hombro—. He pensado que podríamos cenar con tu familia y, si luego te apetece, ir a dar una vuelta por ahí. Un tal Yeyo da un concierto detrás de la facultad de Historia y me han dicho que está muy bien.

Dibujo una sonrisa que no siento, apretando el puño (ahora cálido) de Kenji, dibujando con la punta de mis dedos el recorrido de sus venas, abultadas por el calor.

—¿Y qué pasa con los Toxic Lemon? ¿Ya se han retirado del mundo de la actuación?

—Bah, creo que no tocan los viernes. —Se ríe. Más allá de nosotros, sobre las avenidas ya crepusculares, vuela una bandada de mirlos—. Además, ese bajista suyo... no lo soporto. Está saliendo con una chica que me vuelve loco.

Sus labios y su nariz bajan con extrema delicadeza por mi piel erizada, y luego me besa. Inevitablemente, sin pedir permiso, me invade una sensación acogedora que llena el espacio entre mis pulmones y mi estómago. Es como si, por primera vez en mucho tiempo, realmente hubiese vuelto a casa.

–A esa chica le da mucho miedo no poder parar de engordar –confieso, todavía tan cerca de él.

–Pues no debería preocuparse tanto. Es preciosa.

Un grupo de tunos canta su repertorio de canciones gallegas en la plaza donde los chavales jugaban. Sus largas capas de terciopelo negro ondean en el aire, rodeando mágicamente las notas pausadas que salen de sus instrumentos.

–¿Y si ahora que descubro que vuelve a gustarme la comida no dejo de subir de peso? –inquiero con la voz entrecortada–. ¿Y si…?

Kenji inclina su sonrisa hacia mi oreja, y siento sus dientes húmedos detenerse sobre el agujero de mis pendientes.

–Eso es tan ridículo que te mereces una colleja. Mira, a mí los tacos me vuelven tan loco que mi vegetarianismo solo duró tres semanas, pero eso no significa que vaya a pasarme los días metiéndome recetas mexicanas entre pecho y espalda. Que la comida vuelva a gustarte es maravilloso.

Sus manos se entrelazan a la altura de mi ombligo, dándome pequeños toquecitos en la barriga con sus pulgares. Los tunos, debajo de nosotros, le cantan a una pareja de ancianos que se sonroja, dirigiendo la mirada a otra parte.

–Tengo que pasar cuatro años sin síntomas para que me den definitivamente el alta –me atrevo a admitir con los ojos cerrados, sencillamente sintiendo el calor y la primavera fluir junto a mí.

–Cuatro años, ¿eh? –me secunda Kenji, inusualmente alegre–. Eso suena bien. Creo que te dará tiempo a acabar la carrera y se pueden hacer muchas, muchas cosas en cuatro años. Después... después será lo que nosotros queramos. Todo irá bien, nos recuperaremos y *haremos más ruido que la vida*. No hay nada que no podamos soportar.

Su voz, muy lentamente, se pierde junto con los acordes de la guitarra y la música de las gaitas. Cuando abro los ojos a la plaza teñida ahora de violeta que se extiende bajo nuestra casa, un puñado de pétalos de cerezo cae sobre mi pelo. Como si con ellos llegase también algún tipo de sabiduría, de pronto siento que las brumas de mi futuro se disipan, dejándome ver la luz del sol.

Quizá nunca deje de ser anoréxica; quizá precisamente eso, la enfermedad, haya sido un rasgo inherente a mi personalidad desde siempre. Quizá jamás deje de escuchar esas voces en mi cabeza y quizá Kenji jamás deje de sentir la necesidad de cortarse la piel para librarse de sus sentimientos negativos. Pero también sé, con una certeza incalculable, que mientras vaya dando pasos adelante me daré de bruces con algo parecido a la felicidad. Sé que así será. Por tanto, eso, la felicidad, es el único destino posible para nosotros. No importan las veces que nos caigamos ni las piedras que encontraremos en el camino; siempre, como una trampa ineludible, estará esperándonos un argumento que nos permita apartar todo nuestro dolor y seguir viviendo.

AGRADECIMIENTOS

He aprendido algo de los trastornos alimentarios: no hay una salida fácil. No llega un momento en el que comprendes. No crees mágicamente las palabras de los demás.

En los últimos tres años he atravesado casi todos los caminos posibles para mí. He sufrido anorexia y bulimia. Ahora me encuentro en tierra de nadie, lo que comúnmente se denomina EDNOS*. Eso significa que mi alimentación sigue siendo desordenada, pero que no cumplo los criterios de la anorexia ni de la bulimia. Yo lo llamo un paso adelante hacia la mal llamada «recuperación total».

Hace seis meses que mantengo lo que podríamos llamar mi peso ideal. La comida sigue doliéndome. Sé que lo más probable es que recaiga tarde o temprano. Pero he aprendi-

* Eating Disorder Not Otherwise Specified

do a vivir con ello. Los trastornos alimentarios no se curan; solo puedes controlarlos. Y también sé que lo más probable es que lo consiga algún día. Tal vez no ahora.

Cuando terminé la primera versión de *Corazón de mariposa*, pesaba entre diez y quince kilos menos que ahora. Mi IMC era comparable al de un niño del África subsahariana. Ayunaba dos veces por semana y soportaba el resto de los días con menos de 500 calorías diarias (cuando lo ideal se sitúa en torno a las 2.000). Hacía ejercicio compulsivamente y me inducía el vómito si creía que había comido demasiado. Llegó un momento en el que mi vientre se volvió cóncavo. Abrocharme un par de vaqueros me tomaba casi cinco minutos. Me costaba andar, respirar, fijar mi vista sin marearme.

Sin embargo, la historia reflejada en esta novela no es la mía. Nunca traté de escribir sobre los trastornos alimenticios. Hasta que lo hice. Llegué a la conclusión de que la anorexia es una enfermedad sobre la que se habla mucho pero se sabe muy poco. Resulta triste que todavía haya tantos prejuicios en una sociedad en la que cuatro de cada 100 jóvenes padecen algún trastorno de este tipo. Se nos compara con drogadictos y se nos tacha de víctimas de la moda. A los ojos del mundo parecemos unas niñas egoístas que no comemos porque no queremos. Porque intentamos gustar a los hombres. Porque ansiamos entrar en una talla 32. Porque...

Espero que, a través de este libro, haya podido esclarecer un poco esos falsos mitos que tanto daño hacen. Espero haber mostrado, aunque sea en una ínfima parte, lo que realmente es la anorexia. Una enfermedad mental con consecuencias físicas. No a la inversa.

Yo, en mi recorrido, he tenido a muchas personas a mi lado. Quiero darles mucho más que una hoja para agradecérselo, pero creo que está bien empezar por aquí.

A mi familia (mi madre, mis abuelos, mis tíos y primos), por cuidarme y apoyarme incluso cuando os hago sufrir más de lo que yo sufro. Perdonadme por todas las noches en vela y tomadme como una persona que a veces siente que está rebosando.

A Mónica, porque ella más que nadie va a comprender esta historia. Porque sé que me basta con contarle un problema para que las lágrimas se conviertan en sonrisas.

A Iván, por ayudarme día a día a comer un poco más. A lo mejor piensas que es poco, pero tus bromas entre plato y plato hacen que me sienta menos sola.

A Bety y Eva, por conseguir que a la hora de la cena me ría en lugar de contar las calorías que se enfrían sobre la mesa.

A Mar, por su preocupación y sus confesiones sinceras. Espero que todos tus sueños se vean realizados.

A Nené, que comparte mis locuras y mis momentos más memorables.

A Cristin, por librarnos de los nervios juntas.

A Raúl, que siempre está ahí para decirme que no me rinda, que lo siga intentando, que tengo que mejorar.

A Laura T., por aguantarme día a día.

A Laura M., porque tu *fandom* es mi *fandom*.

A María Ríos, porque al final resultó que sus clases de literatura valían para algo.

A Marcos, Iria, Esther, Clara, Laura, Bea, Marta, Alba, Inés, Rubén y todos los demás que viajasteis conmigo a Toronto en el verano de 2012. Sois un grupo muy grande, pero nunca me olvidaré de vosotros.

A Plataforma Neo y "la Caixa", por este premio tan fabuloso y todas sus publicaciones. Sin olvidarme de mi editora, Miriam, que no podría mimar más a sus autores.

A mi psicólogo, por sus consejos. Siento ser una paciente tan parca y cabezota.

A ti, que escuchando música en tu habitación, viajando en el metro, tomando el sol en la playa o sentado en la sala de espera de un médico, has llegado hasta esta página.

Todos vosotros hacéis posible que, cada día, esté un poquito más alejada del invierno. Sencillamente gracias.

Tu opinión es importante.

Por favor, haznos llegar tus comentarios a través de nuestra web y nuestras redes sociales:
www.plataformaneo.com
www.facebook.com/plataformaneo
@plataformaneo

Plataforma Editorial planta un árbol por cada título publicado.

Novela ganadora de la primera edición
del Premio Literario "LA CAIXA" / PLATAFORMA